हिन्द पॉकेट बुक्स

महापुरुषों की सूक्तियाँ

मानस हंस हिन्दी संपादक एवं समाजसेवी हैं। इन्होंने सैकड़ों पुस्तकों का संपादन किया है। परंतु इनका मौलिक लेखन बहुत ही कम है। लेकिन कुछ बड़े साहित्यकारों की पुस्तकों का इन्होंने बड़ी कुशलता के साथ संपादन किया है। इन्हें समाजसेवा के क्षेत्र में कई उत्कृष्ट पुरस्कार मिले हैं और कुशल संपादन के लिए भी ये सम्मानित हो चुके हैं।

महापुरुषों की सूक्तियाँ

मानस हंस

हिन्द पॉकेट बुक्स
पेंगुइन रैंडम हाउस इम्प्रिंट

हिन्द पॉकेट बुक्स

यूएसए। कनाडा। यूके। आयरलैंड। ऑस्ट्रेलिया। सिंगापुर
न्यू ज़ीलैंड। भारत। दक्षिण अफ्रीका। चीन

हिन्द पॉकेट बुक्स, पेंगुइन रैंडम हाउस ग्रुप ऑफ़ कम्पनीज़ का हिस्सा है,
जिसका पता global.penguinrandomhouse.com पर मिलेगा

पेंगुइन रैंडम हाउस इंडिया प्रा. लि.,
चौथी मंजिल, कैपिटल टावर -1, एम जी रोड,
गुड़गांव 122 002, हरियाणा, भारत

पेंगुइन
रैंडम हाउस
इंडिया

प्रथम हिन्दी संस्करण हिन्द पॉकेट बुक्स द्वारा 2006 में प्रकाशित
यह हिन्दी संस्करण हिन्द पॉकेट बुक्स में पेंगुइन रैंडम हाउस द्वारा 2022 में प्रकाशित

10 9 8 7 6 5 4 3 2

ISBN 9789353497002

मुद्रकः रेप्रो इंडिया लिमिटेड

www.penguin.co.in

क्रम

अफ़लातून

* ज्ञान पाप हो जाता है, यदि उद्देश्य शुभ न हो।
* जो अन्याय करता है, वह अन्याय सहनेवाले की अपेक्षा हमेशा अधिक दुर्दशा में पड़ता है।
* सबसे शानदार विजय है अपने पर विजय प्राप्त करना और सबसे ज़लील और शर्मनाक बात है अपने से परास्त हो जाना।
* बुद्धिमान वह है जो अपनी आयु व्यर्थ के कामों में नष्ट न करे।
* आत्मज्ञान ही शेष समस्त विज्ञानों का विज्ञान है और अपना भी।
* इतिहास की बजाय कविता सत्य के अधिक निकट आती है।
* प्रेम के स्पर्श से हर कोई कवि बन जाता है।
* स्वयं अपने ऊपर विजय प्राप्त करना सबसे बड़ी विजय है।
* कोई सन्त लखपती नहीं था।
* जब तक दार्शनिक लोग शासक नहीं बन जाते, या जब तक शासक लोग दर्शनशास्त्र नहीं पढ़ लेते, तब तक आदमी की मुसीबतों का अन्त नहीं हो सकता।

* मैं यह ज़्यादा पसन्द करूंगा कि सारी दुनिया से मेरी अनबन हो जाए और वह मेरा विरोध करने लगे; बनिस्बत इसके कि ख़ुद मुझी से मेरी अनबन हो जाए और मैं ख़ुद अपना ही विरोध करने लगूं।

* जिन्हें सुन्दर वार्तालाप करना नहीं आता, वही सबसे अधिक बोलते हैं।

* सुन्दरता समय की रियायत है।

* क्रोध से सबसे अच्छी तरह वह बचा रहता है, जो याद रखता है कि ईश्वर उसे हर समय देख रहा है।

अरस्तू

* क्रोध सदैव मूर्खता से शुरू होता है तथा पश्चात्ताप पर समाप्त।

* मित्र अपनी ही प्रतिमूर्ति है।

* दुष्ट आदमी डर से आज्ञा पालन करते हैं; अच्छे आदमी प्रेम से।

* मनुष्य जिससे भय खाता है, उससे प्रेम नहीं करता।

* अन्याय सहने से अन्याय करना अच्छा है, कोई भी इस सिद्धान्त को स्वीकार नहीं करेगा।

* नारी की उन्नति या अवनति पर ही राष्ट्र की उन्नति या अवनति निर्धारित है।

* शर्म जवान के लिए आभूषण है, वृद्ध के लिए दूषण।

* श्रम का अन्त ही विश्राम है।

* क्रान्तियां छोटी-छोटी बातों के विषय में नहीं होतीं, किन्तु छोटी-छोटी बातों से उत्पन्न होती हैं।

* सुन्दरता संसार-भर के सिफ़ारिशी पत्रों से बढ़कर है।

* ऐश्वर्य उपाधि में नहीं, बल्कि इस चेतना में है कि हम उसके योग्य हैं।

* लगन के बग़ैर किसी में भी महान प्रतिभा पैदा नहीं हो सकती।

* प्रसिद्धि वीरता के कामों की महक है।

* सेवक से अपना भेद कहना उसे सेवक से स्वामी बना लेना है।

* आनन्द मिलता है अपनी शक्तियों को काम में लगाने से।

* केवल न्याय ही वास्तविक आनन्द है। केवल अन्यायी ही दुखी है।

* जो मूर्ख अपनी मूर्खता को जानता है, वह धीरे-धीरे सीख सकता है; पर जो मूर्ख अपने को बुद्धिमान समझता है, उसका रोग असाध्य है।

अल्ज़र डब्ल्यू. आर.

* लोग अकसर अपनी समझदारी की कमी की पूर्ति क्रोध से करते हैं।

ऑगस्टाइन

* सन्देह सच्ची दोस्ती का ज़हर है।

* संसार एक विशाल ग्रन्थ के समान है। जो अपने स्थान से ही चिपके रहते हैं, वे उसका केवल एक ही पृष्ठ पढ़ पाते हैं।

आस्कर वाइल्ड

* कोई अशोभनीय भावना न रखने में ही जीवन का रहस्य निहित है।
* मनुष्य मुसीबतों को सह सकता है क्योंकि वे बाहर से आती हैं; लेकिन अपने दोषों को सहना — आह! वही तो जीवन-दंश है।
* हर सन्त का भूतकाल है और हर पापी का भविष्य।
* स्त्री परमात्मा का सबसे बड़ा जादू है।
* प्रजातन्त्र का सीधा-सादा अर्थ है, प्रजा के डंडे को, प्रजा के लिए, प्रजा की पीठ पर तोड़ना।
* ग़रीबों को किफ़ायतशआरी का उपदेश देना भौंडा और अपमान-जनक कार्य है।
* स्त्रियों का प्रारम्भ का जीवन प्रेमियों से भरा होता है व बाद का पति से।

ऑस्टिन

* राजनीतिज्ञ पारे की तरह है। अगर तुम उस पर उंगली रखने की कोशिश करो, तो उसके नीचे कुछ नहीं मिलता।

इक़बाल

* ख़ुदी को कर बुलन्द इतना कि हर तहरीर[1] से पहले
  ख़ुदा बन्दे से ख़ुद पूछे बता तेरी रज़ा[2] क्या है

* अच्छा है दिल के पास रहे पासबाने-अक्ल[3]
  लेकिन कभी-कभी इसे तन्हा भी छोड़ दे

* राज़े-हस्ती[4] राज़ है जब तक कोई महरम[5] न हो
  खुल गया जिस दम तो महरम के सिवा कुछ भी नहीं

* सौदागरी नहीं ये इबादत ख़ुदा की है
  ऐ बेख़बर जज़ा[6] की तमन्ना भी छोड़ दे

* तेरे आज़ाद बन्दों की न ये दुनिया न वो दुनिया
  यहां मरने की पाबन्दी, वहां जीने की पाबन्दी

* बाग़े-बहिश्त[7] से मुझे हुक्मे-सफ़र[8] दिया था क्यों
  कारे-जहां[9] दराज़[10] है अब मेरा इन्तिज़ार कर

---

1. भाग्य-लेखन; 2. इच्छा; 3. बुद्धिरूपी रक्षक; 4. जीवन-रहस्य; 5. भेदी; 6. अच्छा बदला; 7. जन्नत का बाग़; 8. यात्रा-आदेश (संसार में जाने का आदेश); 9. संसार का कार्य; 10. दीर्घ।

* आग बुझी हुई इधर, टूटी हुई तनाब उधर
  क्या ख़बर इस मुक़ाम से गुज़रे हैं कितने कारवां

* ढूंढ़ता फिरता हूं मैं ऐ 'इक़बाल' अपने आपको
  आप ही गोया मुसाफ़िर आप ही मंज़िल हूं मैं

* मुझे रोकेगा तू ऐ नाख़दा[1] क्या ग़र्क़ होने से
  कि जिनको डूबना हो, डूब जाते हैं सफ़ीनों में[2]

* हुई न आम जहां में कभी हुकूमते-इश्क़[3]
  सबब ये है कि मुहब्बत ज़माना-साज़ नहीं

* ऐ ताइरे-लाहूती[4] उस रिज़्क़ से मौत अच्छी
  जिस रिज़्क़ से आती हो परवाज़[5] में कोताही[6]

इंगर सोल

* केवल आनन्द ही कल्याणकारी वस्तु है। आनन्दित होने का स्थान यहीं है। आनन्दित होने का समय अभी है। आनन्दित होने का उपाय दूसरों के आनन्द में सहायक होना है।

---

1. नाविक; 2. नौकाओं में; 3. प्रेम का शासन; 4. आकाश में उड़नेवाले पक्षी; 5. उड़ान; 6. बाधा।

इब्सेन

* समझौता शैतान का काम है।

* संसार में सबसे शक्तिशाली मनुष्य वह है जो सबसे अधिक अकेला खड़ा हुआ है।

इलियट

* यदि लोग हमारे बारे में कुछ ऊटपटांग बात करते हैं, तो हमें उसका बुरा नहीं मानना चाहिए। जिस प्रकार गिरजाघर की मीनार अपने इर्द-गिर्द चीलों के चीख़ने का ख़याल नहीं करती।

* यदि तुम किसी गोल छिद्र में जा पड़ो तो तुम्हें स्वयं को गेंद बना लेना चाहिए।

* खाली पेट कोई भी व्यक्ति बुद्धिमान नहीं हो सकता।

* शायद सबसे आनन्ददायक मित्रताएं वे हैं जिनमें बड़ा मेल है, बड़ा झगड़ा है और फिर भी बड़ा प्यार है।

* दूसरे कर्तव्य को पूर्ण करने की क्षमता ही एक कर्तव्य की पूर्ति का पुरस्कार है।

* गुलाबों की वर्षा कभी नहीं होगी। अगर हमें अधिक गुलाबों की इच्छा है तो हमें और पौधे लगाने चाहिए।

* सर्वोच्च प्रेम में तकल्लुफ़ नहीं होता।

* विजय निश्चित हो तो कोई भी बुज़दिल लड़ सकता है, मगर मुझे ऐसा आदमी बताओ, जो पराजय निश्चित होने पर भी लड़ने का पराक्रम दिखलाता है।

* मुर्ग़ा समझता है कि सूरज बांग सुनने के लिए उगता है।

* यदि हम एक-दुसरे की ज़िन्दगी की मुश्किलें आसान नहीं करते तो फिर हम जीते ही किसलिए हैं।

* आनन्द सर्वोत्तम मदिरा है।

* लोगों से काम लेने के लिए मखमल के म्यान में तेज़ दिमाग़ होना चाहिए।

उमर ख़य्याम

* आत्मा ही अपना स्वर्ग और नरक है।

* जिसमें त्याग है वही प्रसन्न है। बाक़ी सब ग़म का असबाब है।

एज़रा पाउंड

* कविता जब संगीत से बहुत दूर निकल जाती है तो दम तोड़ने लगती है

एजिस

* ईष्यालु लोग बड़े दुखी लोग हैं; क्योंकि जितनी यन्त्रणा उन्हें अपने दुखों से होती है, उतनी ही दूसरों की ख़ुशियों से।

एनन

* संकीर्ण मनवाला आदमी अफ्रीका के भैंसे की तरह होता है। वह बस सीधा सामने देखता है, दाएं-बाएं कुछ नहीं।

एमरसन

* आत्म-विश्वास सफलता का मुख्य रहस्य है।
* विश्व-इतिहास में प्रत्येक महान और महत्त्वपूर्ण आन्दोलन उत्साह द्वारा ही सफल हो पाया है।
* पवित्र सिद्धान्त हमेशा पवित्र लाभों में प्रतिफलित होते हैं।
* जो व्यक्ति निश्चय कर सकता है, उसके लिए कुछ भी असम्भव नहीं है।
* यदि तुम मुझे उठाना चाहते हो तो तुम्हारा उच्च स्तर पर होना आवश्यक है।

* अपने अमूल्य समय का एक-एक क्षण परिश्रम में व्यतीत करना चाहिए। इसी में आनन्द है। ऐसा करने से कोई क्षण भी ऐसा नहीं बचता जब हमें सोच या पछतावा हो।

* विचार से अधिक ठोस वस्तु ब्रह्मांड में नहीं है।

* भाषा एक शहर है जिसके निर्माण के लिए प्रत्येक व्यक्ति एक पत्थर लाया है।

* प्रत्येक व्यक्ति जिससे मैं मिलता हूं, किसी-न-किसी बात में मुझसे बढ़कर है। वही मैं उससे सीखता हूं।

* विश्व में एकमात्र मूल्यवान वस्तु आत्मा है।

* प्रत्येक मनुष्य एक बरबाद परमात्मा है।

* अतिथि-सत्कार से इनकार करना ही सबसे बड़ी दरिद्रता है।

* यथार्थता और ईमानदारी, दोनों सगी बहनें हैं।

* सभ्यता की सच्ची परख देश की जनसंख्या, भव्य नगरों या अच्छी फ़सलों से नहीं होती, वरन् किस प्रकार के व्यक्ति देश में जनमते हैं, इससे होती है।

* सुख और आनन्द ऐसे इत्र हैं, जिन्हें जितना अधिक आप दूसरों पर छिड़केंगे, उतनी ही अधिक सुगन्ध आपके अन्दर आएगी।

* शूरवीर साधारण आदमी से ज़्यादा बहादुर नहीं होता, मगर वह बहादुरी पांच मिनट ज़्यादा दिखाता है।

* सुन्दरता की खोज में हम चाहे संसार का चक्कर लगा आएं, अगर वह हमारे अन्दर नहीं है तो कहीं नहीं मिलेगी।

* बहुत सारे लोग जितनी मेहनत से नरक में जाते हैं, उससे आधी से स्वर्ग में जा सकते हैं।
* मिलने-जुलने की भूख तीव्र होती है, मगर उसमें समझदारी और किफ़ायत से काम लेना चाहिए।
* ज्ञान की अचूक निशानी यह है कि वह साधारण में असाधारण के दर्शन करता है।
* जिसका उद्देश्य ऊंचा है, उसे आरामतलबी और हरदिल-अज़ीज़ी से खौफ़ खाना चाहिए।
* जीवन का सबसे बड़ा पुरस्कार, जीवन की सबसे बड़ी सम्पत्ति है — किसी विशेष बात की प्रवृत्ति लेकर जन्म लेना। उसी की पूर्ति करने में मनुष्य को सुख मिलता है।
* साहस गया कि आदमी की आधी समझदारी उसके साथ गई।
* यदि जीवन में बुद्धिमानी की कोई बात है तो वह एकाग्रता है, और यदि कोई ख़राब बात है तो वह अपनी शक्तियों को बिखेर देना।
* प्रकृति जब कठिनाइयां बढ़ाती है तो बुद्धि भी बढ़ाती है।
* गर्व ने देवदूतों को भी नष्ट कर दिया।
* जो तुम जानते हो वही करो, विचार ही चरित्र में परिणत हो जाते हैं।
* बड़ी-से-बड़ी बात को सरल-से-सरल तरीक़े से कहना उच्च संस्कृति का प्रमाण है।
* जीवन का एक उद्देश्य इच्छा-शक्ति को दृढ़ बनाना है, दृढ़ मनुष्य के लिए सदा सुअवसर है।

* काम प्रत्येक मनुष्य का प्राण-रक्षक है।

* ग़रीबी अपने को ग़रीब मानने में है।

* हम हमेशा जीने की तैयारी ही करते रहते हैं, जीते कभी नहीं।

* मैं देखता हूं कि सारी दुनिया के समझदार और विवेकी मनुष्य एक ही धर्मवाले थे, साहस और भलाई के धर्मवाले।

* दूसरों से प्रेम करना अपने-आप से प्रेम करना है।

* सचमुच महान वह है, जो समूह में रहते हुए भी एकान्त का आनन्द ले सकता है।

* जबकि इन्सान तमाम बाहरी सहारा अलग कर देता है और अकेला खड़ा होता है, तभी मैं देखता हूं कि वह मज़बूत है और बाज़ी ले जाएगा।

* सद्गुण मेरे साथ बीमार नहीं पड़ते और न ही वे मेरी क़ब्र में दफ़न होंगे।

* अपने ऊपर असीम विश्वास स्थापित करना और अकेले बैठकर अन्तरात्मा की ध्वनि सुनना वीर पुरुषों का ही काम है।

* अच्छे विचारों पर यदि अमल न किया जाए तो वे अच्छे स्वप्नों से बढ़कर नहीं हैं।

* आओ, हम ख़ामोश रहें, ताकि फ़रिश्तों की कानाफूसियां सुन सकें।

* मानव-जाति का अन्त इस प्रकार होगा कि सभ्यता आख़िरकार उसका दम घोंट देगी।

* संस्कृति एक चीज़ है, वार्निश दूसरी।
* पूर्ण शान्ति का मुझे कोई मार्ग दिखाई नहीं देता, सिवाय इसके कि व्यक्ति अपने अन्तर की आवाज़ पर चले।
* अविश्वास धीमी आत्महत्या है।
* प्रत्येक असत्याचरण समाज के स्वास्थ्य पर आघात है।
* रोगियों की अधिकता के कारण स्वास्थ्य के अस्तित्व से इनकार नहीं किया जा सकता।
* आत्मा व्यक्तियों का लिहाज़ नहीं रखती।
* शान्त रहो, सौ बरस बाद यह सब एक हो जाएगा।
* जीवन में मेरी प्रधान आवश्यकता यह है कि कोई ऐसा मिले जो मुझसे वह कराए जो मैं कर सकता हूं।
* संस्कृति और महत्ता के समस्त रास्ते एकान्त कारावास की ओर जाते हैं।
* वीरता ख़ुद को फिर से संभाल लेने में है।
* समालोचक, दार्शनिक, असफल कवि हैं।
* करने का कौशल करने से आता है।
* सोसाइटी, हर जगह, अपने प्रत्येक सदस्य की मनुष्यता के ख़िलाफ़ षड्यन्त्र है।
* विचार करते-करते अपने को दीवाना न बना डालो, बल्कि जहां हो, अपने काम में लगे रहो।

एस्ट्रेन्ज

* लोग बातें ऐसी करते हैं मानो वे ईश्वर में विश्वास करते हैं, लेकिन जीते इस प्रकार हैं मानो उनके ख़याल से ईश्वर है ही नहीं।

ऐमील

* महान कलाकार वह है, जो सत्य को सरल कर दे।

ओडेसी

* जिस समय कोई व्यक्ति किसी की दासता स्वीकार करता है, उसकी आधी योग्यता उसी समय नष्ट हो जाती है।

कबीर

* सत्त-नाम कड़वा लगै, मीठा लागे दाम
  दुविधा में दोनों गए, माया मिली न राम

* करता था सो क्यों किया, अब करि क्यों पछताय?
  बोवे पेड़ बबूल का, आम कहां से खाय?

* बुरा जो देखन मैं चला, बुरा न दीखा कोय
  जो दिल खोजा आपना, मुझ-सा बुरा न कोय

* दुर्बल को न सताइए, जाकी मोटी हाय
  मुई खाल की सांस सों, सार भस्म हो जाय

* कबिरा गरब न कीजिए कबहुं न हंसिए कोय
  अबहूं नाव समुद्र में का जाने का होय

* पाहन पूजे हरि मिलै तो मैं पूजूं पहार
  ताते यह चाकी भली पीस खाय संसार

* काम, क्रोध, मद, लोभ की जब लग घट में खान
  कहा मूर्ख कहा पंडिता दोनों एक समान

* जो तोको कांटा बुवै, ताहि बोव तू फूल
  तोहि फूल के फूल हैं, वाको हैं तिरसूल

* चलती चक्की देखि के दिया कबीरा रोय
दुह पाटन के बीच में साबित रहा न कोय

* कबिरा तेरी झोंपड़ी गलकटियन के पास
करन गे सो भरन गे तू क्यों होय उदास

* दुख में सुमिरन सब करें, सुख में करै न कोय
जो सुख में सुमिरन करै तो दुख काहे होय

* सज्जन ऐसा कीजिए, ढाल सरीखा होय
दुख में तो आगे रहे, सुख में पीछे होय

* पानी केरा बुदबुदा अस मानुष की जात
देखत ही छिप जाएगा ज्यों तारा परभात

* रात गंवाई सोइ के दिवस गंवाया खाय
हीरा जन्म अमोल-सा, कौड़ी बदले जाय

* जहां दया तहं धर्म है, जहां लोभ तहं पाप
जहां क्रोध तहं काल है, जहां छिमा तहं आप

* कबिरा ते नर अन्ध हैं गुरु को मानत और
  हरि रूठै गुरु ठौर है गुरु रूठे नहिं ठौर

* यह तो घर है प्रेम का, खाला का घर नाहिं
  सीस उतारै भुईं धरे, तब पैठे घर माहिं

* दाग जो लागा नील का सौ मन साबुन धोय
  कोटि जतन पर बोधिये कागा हंस न होय

* जो जल बाढ़े नाव में, घर में बाढ़े दाम
  दोऊ हाथ उलीचिए, यही सयानों काम

* सोता साध जगाइये, करै राम का जाप
  ये तीनों सोते भले, साकत, सिंह और सांप

कृश्न चन्दर

* इस संसार में सबसे बहुमूल्य वस्तु स्वतन्त्रता है और इतिहास बताता है कि मनुष्य ने हर मोड़ का उसका पूरा मूल्य चुकाया है।

क्लार्क

* भयंकरतम झूठ वह नहीं जिसे बोला जाता है, बल्कि वह है जिस पर जिया जाता है।

क्लॉपस्टॉक

* जिसकी अपनी कोई राय नहीं बल्कि दूसरों की राय और रुचि पर निर्भर रहता है, गुलाम है।

कांट

* मुझे करना है, इसलिए मैं कर सकता हूं।
* अगर कोई व्यक्ति स्वयं को कीड़ा बना ले तो रौंदे जाने पर उसे शिकायत नहीं करनी चाहिए।
* ज्ञान के ठंडे प्रकाश में प्रेम का पौधा कभी नहीं उग सकता।

कार्लाइल

* कवि का उद्देश्य है और होना चाहिए, 'प्रसन्न करके सिखाना'।

* हर अच्छा काम पहले असम्भव नज़र आता है।

* काम मानो बोली में घुला रहता है। मनुष्य के बोलने से पता चल जाता है कि उससे क्या काम होगा।

* मनुष्य-जाति ने जो कुछ किया, सोचा और पाया है, वह पुस्तकों के जादू-भरे पृष्ठों में सुरक्षित है।

* कोई व्यक्ति सत्रहवीं और उन्नीसवीं सदी में एक साथ नहीं जी सकता।

* कोई व्यक्ति दूर तक नहीं देखता, अधिकांश लोग तो केवल अपनी नाक तक देखते हैं।

* सबसे बड़ा दोष किसी दोष का भान न होना है।

* क्या तुमने उस आदमी के विषय में नहीं सुना जो सूर्य को इसलिए दोष देता था कि वह उसकी सिगरेट नहीं जलाता।

* आदर्श को हमेशा 'वास्तविक' में से उगना होता है।

* ऋण अतल सागर है।

कालिदास

* सन्देह में सज्जन के अन्तःकरण की प्रवृत्ति ही सत्य का निर्देश करती है।

* हंस पानी मिले दूध में से दूध पी लेता है और पानी छोड़ देता है।

* पेड़ अपने सिर पर गर्मी सह लेता है, लेकिन अपनी छाया द्वारा औरों को गर्मी से बचाता है।

* अवगुण नाव के पेंदे के छिद्र के समान है, जो छोटा हो या बड़ा, एक दिन नाव को ज़रूर डुबो देगा।

* बादलों की तरह सज्जन भी जिस वस्तु को ग्रहण कर लेते हैं, उसका दान भी करते हैं।

* फल के आने से पेड़ झुक जाते हैं, नववर्षा के समय बादल झुक जाते हैं, सम्पत्तिवान होने पर सज्जन नम्र हो जाते हैं — परोपकारियों का स्वभाव ही ऐसा है।

* वास्तविक धीर पुरुष तो वे ही हैं जिनका चित्त विकार उत्पन्न करनेवाली परिस्थितियों में भी अस्थिर नहीं होता।

* इष्ट वस्तु की प्राप्ति के लिए दृढ़ निश्चयवाले मन को और निम्नगामी जल की गति को कौन रोक सकता है!

* दुष्ट को उपकार से नहीं, अपकार से ही शान्त करना चाहिए।

* किसी को केवल सुख अथवा एकमात्र दुख नहीं मिलता — दुख और सुख रथ के पहिये की भांति कभी ऊपर और कभी नीचे रहा करते हैं।

कॉलरिज

* प्रार्थना विश्वात्मा में जीने की कोशिश है।

* सुख का आधार पुण्य है और अनिवार्य रूप से उसकी नींव सच्चाई है।

कीट्स

* सौन्दर्य सत्य है, सत्य सौन्दर्य।
* कविता का महान लक्ष्य है कि वह लोगों की चिन्ताओं को शान्त करने और उनके विचारों को उन्नत करने में मित्र का काम करे।
* सुन्दरता का माधुर्य नित्य प्रति बढ़ता जाता है, उसका कभी ह्रास नहीं होता।
* अमरत्व का ताज उसके लिए नहीं है जो दिव्य ध्वनियों के अनुसरण से डरता हो।
* क्या सारे आकर्षण दर्शनशास्त्र के शीतल स्पर्श-मात्र से उड़ नहीं जाते?

कूपर

* स्वतन्त्र वही है जिसे सत्य ने स्वतन्त्र किया है, शेष सब दास हैं।
* आलस्य जीवित मनुष्य की क़ब्र है।
* कविता की सबसे बड़ी देन शान्ति है।

कोल्टन

* चालाक और धूर्त व्यक्ति, सीधे और सरल व्यक्ति के सामने बिलकुल भौचक्का होकर रह जाता है।

* किसी दार्शनिक को शब्दों की इतनी कमी कभी महसूस नहीं हुई, जितनी कृतज्ञ को।

* आश्चर्य है कि लोग जीवन को बढ़ाना चाहते हैं, सुधारना नहीं।

* धन एक सापेक्ष वस्तु है, क्योंकि, जिसके पास कम है परन्तु और भी कम चाहता है, वह उससे अधिक धनवान है जिसके पास ज़्यादा है मगर और भी ज़्यादा चाहता है।

* सर्वोच्च ज्ञान क्या है ? सत्य का सबसे छोटा और सबसे साफ़ रास्ता।

* शारीरिक साहस, जो समस्त ख़तरों को तुच्छ मानता है, मनुष्य को एक तरह से वीर बनाता है; और नैतिक साहस, जो समस्त नुक्ता-चीनियों को तुच्छ समझता है, मनुष्य को दूसरी तरह से वीर बनाता है। लेकिन महान पुरुष होने के लिए दोनों आवश्यक हैं।

* जब लाखों व्यक्ति तुम्हारी वाह-वाह करें तो गम्भीर होकर सोचो — 'तुमसे क्या अपराध हो गया'; और जब निन्दा करें तो — 'क्या भलाई ?'

* विरोधी को उत्तर देते समय विचारों को तरतीब दो, शब्दों को नहीं।

* पश्चात्ताप के बीज जवानी के राग-रंग द्वारा बोए जाते हैं; लेकिन उनकी फ़सल बुढ़ापे में दुख-भोग द्वारा काटी जाती है।

ख़लील जिब्रान

* इच्छाओं का संघर्ष प्रकट करता है कि जीवन व्यवस्थित होना चाहता है।

* केवल गूंगे ही बातूनों से ईर्ष्या करते हैं।

* विचित्र बात है कि सुख की अभिलाषा मेरे दुख का एक अंश है।

* जब से मुझे पता चला है कि मखमल के गद्दे पर सोनेवालों के सपने नंगी ज़मीन पर सोनेवालों के सपनों से मधुर नहीं होते, तब से मुझे प्रभु के न्याय में दृढ़ श्रद्धा हो गई है।

* बर्फ़ और तूफ़ान फूलों को तबाह कर सकते हैं, लेकिन बीज नहीं मर सकते।

* उस जाति की स्थिति कितनी दयनीय है जो परस्पर वैमनस्य के कारण कई सम्प्रदायों में बंट चुकी है और हर सम्प्रदाय स्वयं को एक जाति मानने लगा है।

* कितना अन्धा है वह व्यक्ति जो अपनी जेब से दूसरे का दिल ख़रीदना चाहता है।

* वह उल्लू जिसकी आंखें केवल रात के अंधेरे में ही खुलती हैं, प्रकाश के रहस्य को कैसे जान सकता है!

* कोई अभिलाषा यहां अपूर्ण नहीं रहती।

* मेरे दोस्तो! किसी चीज़ को कुरूप मत कहो, सिवा उस भय के जिसकी मारी कोई आत्मा स्वयं अपनी स्मृतियों से डरने लगे।

* मैं ही आग हूं, मैं ही कूड़ा-करकट। मेरी आग मेरे कूड़े को जलाकर भस्म कर दे, तो मैं अच्छा जीवन पाऊंगा।

* उस धनिक का रंज जिसे कोई नहीं लेता, उस भिखारी के दुख से ज़्यादा है जिसे कोई नहीं देता।

* जो निर्बलों पर दया नहीं करता, उसे बलवानों के अत्याचार सहने पड़ेंगे।

* जब ज़िन्दगी को अपने दिल के गीत सुनाने के लिए गायक नहीं मिलता, तो वह अपने मन के विचार सुनाने के लिए दार्शनिक पैदा कर देती है।

* वह ग़मगीन हृदय कितना भव्य है जो ख़ुशी का तराना गाता है।

* अमीर और ग़रीब का फ़र्क़ कितना नगण्य है! एक ही दिन की भूख और एक ही घंटे की प्यास दोनों को समान बना देती है।

* सब्र ज़िन्दगी के मक़सद का दरवाज़ा खोलता है, क्योंकि सिवाय सब्र के उस दरवाज़े की और कोई कुंजी नहीं है।

* यह ज़्यादा अक्लमन्दी की बात है कि हम उस ख़ुदा की बातें कम करें जिसे हम समझ नहीं सकते और उन इन्सानों की बातें ज़्यादा करें जिन्हें हम समझ सकते हैं।

* मैंने बातून से मौन सीखा है, असहिष्णु से सहिष्णुता और दयाहीन से दयालुता सीखा है।

* भूल जाना भी स्वतन्त्रता का एक रूप है।

* तुम्हारे ज्ञान के ऊपर पड़े हुए जड़ता के पर्दे को फाड़ने के लिए क़ुदरत की तरफ़ से तुम्हें एक चीज़ दी गई है — वह है तुम्हारी वेदना।

* हे प्रभु! खरगोश को मेरा शिकार बनाने से पहले मुझे शेर का शिकार बना देना।
* सुन्दर सत्य को अल्प शब्दों में कहो, परन्तु कुरूप सत्य को किन्हीं शब्दों में नहीं।
* ज्ञान जब इतना घमंडी बन जाए कि वह रो न सके, इतना गम्भीर बन जाए कि हंस न सके और इतना आत्म-केन्द्रित बन जाए कि अपने सिवाय और किसी की चिन्ता न करे तो वह ज्ञान अज्ञान से भी ज़्यादा ख़तरनाक होता है।
* सचमुच आंखें खोलकर देखोगे तो समस्त छवियों में तुम्हें अपनी छवि दिखाई देगी और यदि कान खोलकर सुनोगे तो समस्त ध्वनियों में तुम्हें अपनी ध्वनि सुनाई देगी।
* केवल एक बार ऐसा हुआ जब कि मैं निर्वाक् हो गया। वह तब कि एक व्यक्ति ने मुझसे पूछा — तुम कौन हो?
* अतिशयोक्ति वह सत्य है जो बौखलाहट की हालत में है।

ग्लैड स्टोन

* मूर्ख की आवाज़ ऊंची होती है, अन्यथा उसे कोई न सुनता।
* मैं एक वक़्त में दो काम नहीं कर सकता।
* न्याय में देर करना अन्याय को स्वीकार करना है।

* बहुत-सी और बड़ी-बड़ी ग़लतियां किए बिना कोई व्यक्ति बड़ा और महान नहीं बना।

* मेरा विश्वास करो, जब मैं कहता हूं कि वक़्त की किफ़ायत भविष्य में तुम्हें ऐसे प्रचुर लाभ से मुआवज़ा देगी जो तुम्हारे सबसे अधिक आशापूर्ण स्वप्नों से भी अधिक होगा; और उसकी बरबादी वैसे ही तुम्हारी काली कल्पनाओं से भी अधिक बौद्धिक और नैतिक पतन में तुम्हें विलीन कर देगी।

ग़ालिब

* हां, खाइयो मत फ़रेबे-हस्ती
  हरचन्द कहें कि है, नहीं है

* क़ैदे हयातो-बन्दे ग़म[1] अस्ल में दोनों एक हैं
  मौत से पहले आदमी ग़म से नजात पाए क्यों

* हम को मालूम है जन्नत की हक़ीक़त लेकिन
  दिल के बहलाने को ग़ालिब ये ख़याल अच्छा है

* उजाला तो हुआ कुछ देर को सहने-गुलिस्तां में[2]
  बला से बिजलियों ने फूंक डाला आशियां[3] मेरा

---

1. जीवन-रूपी क़ैद तथा ग़म की अनिवार्यता; 2. वाटिका (जीवन); 3. नीड़ें।

✱ इश्क़ ने 'ग़ालिब' निकम्मा कर दिया
वर्ना हम भी आदमी थे काम के

गेटे

✱ उस कर्तव्य का पालन करो जो तुम्हारे निकटतम है।

✱ कला का अन्तिम और सर्वोच्च ध्येय सौन्दर्य है।

✱ नारी एक ईश्वरीय उपहार है जिसे स्वर्ग के खो जाने पर ईश्वर ने मनुष्य को उसकी क्षतिपूर्ति के लिए दिया है।

✱ आत्मा एक चेतन का तत्त्व है जो अपने रहने के लिए उपयुक्त शरीर का आश्रय लेता है और एक शरीर से दूसरे शरीर में जाता है। भौतिक शरीर आत्मा को धारण करने के लिए विवश होता है।

✱ प्रयत्नशील मनुष्य के लिए सदा आशा है।

✱ जिसका निश्चय दृढ़ और अटल है, वह दुनिया को अपने सांचे में ढाल सकता है।

✱ मनुष्य की सबसे बड़ी विशेषता यह है कि वह जितना अधिक सम्भव हो, बाहरी परिस्थितियों पर शासन करे और जितना कम हो सके उनसे शासित रहे।

✱ प्रसन्नता सभी सद्गुणों की मां है।

✱ प्रेम में हम सब समान रूप से मूर्ख हैं।

* संसार महान व्यक्तियों के बिना नहीं रह सकता, किन्तु महान व्यक्ति संसार के लिए बहुत दुखदायी होते हैं।

* व्यवहार वह दर्पण है, जिसमें प्रत्येक व्यक्ति अपना प्रतिबिम्ब दिखाता है।

* सबसे अधिक सुखी समाज वह है, जिसमें हरेक व्यक्ति एक-दूसरे के प्रति हार्दिक सम्मान की भावना रखता है।

* हमारा जीवन तो हमारे अमरत्व का शैशव-मात्र है।

* कायर तभी धमकी देता है जब सुरक्षित होता है।

* जानना काफ़ी नहीं है, ज्ञान से हमें लाभ उठाना चाहिए; इरादा काफ़ी नहीं है, हमें करना चाहिए।

* जो चीज़ आत्म-विजय दिलाए और चित्त को निरंकुश करे, वह महा हानिकर है।

* वास्तविक और ठोस आनन्द वहां है जहां अति नहीं है।

* दुखी हृदय के लिए आत्मीयता की एक नज़र कुबेर के ख़ज़ाने से भी ज़्यादा क़ीमती है।

* मैं ईश्वर में और प्रकृति में, और पाप पर पुण्य की विजय में विश्वास रखता हूं।

* प्रथम और अन्तिम वस्तु, जिसकी हम प्रतिभा से अपेक्षा रखते हैं, सत्य-प्रेम है।

* द्वेष अन्याय है, परन्तु राग और भी अधिक अन्याय है।

* जो कोशिश करता है, उससे भूलें भी होती हैं।

* संसार में प्रतिध्वनियां बहुत हैं, ध्वनियां कम।

* विश्वास ज्ञान का आरम्भ नहीं, अन्त है।

* वही महान और सुखी है जिसे कुछ बनने के लिए न तो किसी पर हुक्म चलाना पड़ता है, न किसी का हुक्म बजाना पड़ता है।

* स्वार्थी व्यक्ति निश्चित रूप से ईर्ष्यालु होता है।

* प्रकृति अपनी उन्नति और विकास में रुकना नहीं जानती, और हर अकर्मण्यता पर वह अपने शाप की छाप लगाती जाती है।

* अज्ञान को क्रियाशील देखने से भयंकर कुछ भी नहीं है।

* जिनकी आत्माएं छोटी-छोटी हैं, वे बड़े-बड़े पापों के रचयिता होते हैं।

* उत्तम विचार बेधड़क बच्चों की तरह अचानक और एकाएक सामने आ खड़े होते हैं और चिल्ला-चिल्लाकर कहने लगते हैं, "हम यहां है – हम यहां हैं।"

* निम्नतर वर्गों की क्रान्तियां हमेशा उच्चतर वर्गों के अन्याय का परिणाम होती हैं।

* वह अभागा है और सर्वनाश के मार्ग पर है, जो वह नहीं करता जिसे वह कर सकता है, बल्कि वह करने की महत्त्वाकांक्षा रखता है जिसे वह नहीं कर सकता।

* चरित्र संग-साथ में विकसित होता है और बुद्धि एकान्त में।

* वह बड़ा सौभाग्यशाली है जो अपनी इच्छाओं और शक्तियों के बीच की खाई की चौड़ाई को जल्दी जान लेता है।

* वही सबसे सुखी है, चाहे वह राजा हो या किसान, जो अपने घर में शान्ति पाता है।
* साहित्य का पतन राष्ट्र के पतन का द्योतक है!
* जिन्दगी का हर क़दम सिखलाता है कि कितनी सावधानी की ज़रूरत है।
* जो अपने ऊपर शासन नहीं करेगा, वह हमेशा दूसरों का गुलाम रहेगा।
* मुझे बताइए कि आपके संगी-साथी कौन हैं, और मैं बता दूंगा कि आप कौन हैं।
* सबसे अच्छी सरकार कौन-सी है? जो हमें अपने ही ऊपर शासन करना सिखाती है।
* जब कोई सही काम कर रहा हो तो उसे पता तक नहीं लगता कि वह क्या कर रहा है, लेकिन ग़लत काम का हमें हमेशा भान रहता है।
* मुझे ज़्यादा पसन्द है कि लोग मुझे सीख देते हुए मुझ पर हंसें, बजाय इसके कि वे मुझे कुछ भी लाभ पहुंचाए बिना मेरी प्रशंसा करें।
* कर्म सरल है, विचार कठिन है।

गोर्की

* यह आत्म-विश्वास रखो कि तुम पृथ्वी के सबसे आवश्यक मनुष्य हो।
* हाथों से पहले दिमागों को सशस्त्र करना आवश्यक है।
* मुझे ऐसी मित्रता नहीं चाहिए; जो मेरे पांव में उलझकर आगे चलने में बाधक हो।

गोल्ड स्मिथ

* जो मित्रता बराबर की नहीं होती, उसका अन्त सदैव घृणा में होता है।

* हर देश में कवि का एक ही स्वरूप है — वर्तमान का आनन्द लेना, भविष्य के प्रति लापरवाही, समझदारी की बातें, मूर्खों की-सी हरक़तें।

* कानून ग़रीबों पर शासन करते हैं और अमीर कानूनों पर शासन करते है।

* आभारी होना शर्मिन्दगी की हालत है।

* सौभाग्य सदैव परिश्रम के साथ दिखाई देता है।

* अहंकार और दुख से बढ़कर वैभव के लिए घातक बाधा दूसरी कोई नहीं है।

चार्लेटन

* स्वर्ग की अच्छी तरह क़द्र कर सकने के लिए आदमी के लिए अच्छा है वह क़रीब पन्द्रह मिनट नरक में रह ले।

चेसिल्स

* सफलता को खो देने का निश्चित तरीक़ा अवसर को खो देना है।

चेस्टर फील्ड

* जिसे तुम दूसरों में देखकर ख़ुश होते हो, वह तुममें हो और वह दूसरों को ख़ुश करें।

* बार-बार और ज़ोर-ज़ोर से हंसना मूर्खता और बदतहज़ीबी की निशानियां हैं।

चैनिंग

* शान्ति सुख का सबसे सुन्दर रूप है।

चैम्फर्ट

* प्रत्येक बुद्धिमान, जो कार्यशक्ति-विहीन है, असफल रहेगा।

जयशंकर प्रसाद

* नारी के आंसू एक-एक बूंद में एक-एक बाढ़ लिए रहते हैं।

* परिवर्तन ही सृष्टि है, जीवन है। स्थिर होना मृत्यु है। निश्चेष्ट शान्ति मरण है।

* जहां हमारी सुन्दर कल्पना आदर्श का नीड़ बनकर विश्राम करती है, वही स्वर्ग है। वही विहार का, वही प्रेम क़रने का स्थल स्वर्ग है और वह इसी लोक में मिलता है।

जवाहरलाल नेहरू

* विलम्ब के लिए बहानों में मेरी दिलचस्पी नहीं है। मेरी सिर्फ़ इसमें दिलचस्पी है कि काम पूरा किया जाए।
* कठिनाइयां हमें आत्म-ज्ञान कराती हैं, वे हमें दिखा देती हैं कि हम किस मिट्टी के बने हैं।
* हृदय की विशालता ही उन्नति की नींव है।
* श्रेष्ठतम मार्ग खोजने की प्रतीक्षा में बजाय हम ग़लत रास्ते से बचते रहें और बेहतर रास्ते को अपनाते रहें।
* ज्योंही आपने अपनी निजी विचारधारा की पकड़ खोई कि आपकी क़ीमत ख़त्म हुई।
* हमें सन्तोष और आत्म-तृप्ति तभी हो सकती है जब कि हम अपने भाग्य का निपटारा स्वयं अपने तरीक़े से करें।
* बलवान में ही स्वतन्त्र रहने की योग्यता है। निर्बल की स्वतन्त्रता तो मानो पागल के हाथ में डायनामाइट की छड़ी है।
* स्वतन्त्रता का अभाव शान्ति को ख़तरे में डाल देता है।
* महान उद्देश्य की प्राप्ति के प्रयत्न में ही वास्तविक प्रसन्नता निहित है।

* मृत्यु से नया जीवन मिलता है। जो व्यक्ति या जाति मरना नहीं जानती, वह जीना भी नहीं जानती।

* आदमी का व्यक्तित्व उसकी अपनी कमाई है।

* हमारा एकमात्र अन्तिम लक्ष्य केवल यही हो सकता है कि एक विश्व की स्थापना हो।

* कर्म के बिना विचार गर्भपात के समान है, और विचार के बिना कर्म निपट मूर्खता।

* कठिनाई मुझे ताक़त देती है, असम्भव मुझे ज़िन्दगी देता है; मगर क्षुद्रता, छोटापन, मेरे लिए ज़हर है।

* पवित्रता के फूल मन के बग़ीचे में ही खिलते हैं।

* कमज़ोरी को मैं बुरा नहीं समझता, मूर्खता को मैं माफ़ कर देता हूं; मगर बेईमानी मुझे तीर-सी चुभती है।

* मेरा विश्वास है कि थोड़ा-सा जंगलीपन मन और शरीर के लिए अच्छा है। मैं निश्चय ही यह विचार रखता हूं कि धरती से बिलकुल असंयुक्त जीवन अन्ततः निष्प्राण होकर जड़ हो जाएगा।

* शान्ति के लिए, मुझे कोई सन्देह नहीं है कि 'एक विश्व' बनकर रहेगा, क्योंकि इसके सिवा दुनिया के रोग का और कोई उपचार नहीं है।

* हमें अपने मस्तिष्क में तथा लोगों के मस्तिष्क में यह बात बिलकुल स्पष्ट कर देनी चाहिए कि सम्प्रदाय के रूप में धर्म और राजनीति का गठबन्धन सबसे ज़्यादा ख़तरनाक गठबन्धन है।

जॉन ब्राइट

* ज़िन्दगी छोटी है। मैं उसे शत्रुता बनाए रखने या अपराधों की याद में नहीं गुज़ारना चाहता।

* शक्ति युक्ति नहीं है।

जानसन

* यह बात कुछ महत्त्व नहीं रखती कि आदमी कैसे मरता है, बल्कि यह है कि वह कैसे जीता है।

* नक़ल करके आज तक कोई महान नहीं बन सका।

* अपमान का उद्देश्य कुछ भी रहा हो, उसे हमेशा नज़रअन्दाज़ करना चाहिए।

* केवल वही व्यक्ति सच्चा एहसान कर सकता है जो एक बार एहसान करके भूल चुका हो।

* जब किसी का शिकायत करने का यह भाव हो कि उसकी कितनी कम परवाह की जाती है तो वह सोचे कि वह दूसरों की आनन्द-वृद्धि में कितना कम योगदान देता है।

* ज़िन्दगी कितनी ही बड़ी हो, वक़्त की बरबादी से जितनी चाहें छोटी बनाई जा सकती है।

जिगर

* ज़िन्दगी इक हादिसा है और कैसा हादिया
मौत से भी ख़तम जिसका सिलसिला होता नहीं

* अक़्ल अ बारीक़ हुई जाती
है रूह तारीक[1] हुई जाती है

* वर्ना क्या था सिर्फ़ तरतीबे-अनासिर[2] के सिवा
ख़ास कुछ बेताबियों का नाम इन्सां हो गया

* कांटों का भी हक़ है आख़िर
कौन छुड़ाए अपना दामन

* इश्क़ जब तक न कर सके रुसवा
आदमी काम का नहीं होता

---

1. अन्धकारपूर्ण; 2. तत्त्वों का सम्पादन।

जेम्स ऐलन

* कुरूप मन से कुरूप चेहरा अच्छा।

* त्याग के बिना कोई उन्नति नहीं हो सकती।

* अच्छी आदतों से शक्ति की बचत होती है। दुर्गुणों से शक्ति की भयंकर बरबादी होती है।

* सहानुभूति वह सार्वभौमिक भाषा है जिसे जानवर भी समझ लेते हैं और उसकी क़द्र करते हैं।

* सुबह से शाम तक काम करके आदमी इतना नहीं थकता, जितना क्रोध या चिन्ता से एक घंटे में थक जाता है।

* स्वार्थ के कारण मनुष्य सुख से दूर हटता जाता है।

* मनुष्य अपनी परिस्थितियों को प्रत्यक्षतः नहीं चुन सकता, लेकिन वह अपने विचारों को चुन सकता है और इस तरह परोक्ष रूप से किन्तु लाज़िमी तौर पर, अपनी परिस्थितियों का निर्माण कर सकता है।

* मनुष्य के मन और शरीर की रचना ऐसी है कि वह काम करने के उपयुक्त है, सूअर की तरह आराम से पड़े रहने के योग्य नहीं।

* इच्छा ही नरक है, सारे दुखों का आगार! इच्छाओं को छोड़ना स्वर्ग प्राप्त करना है; जहां सब प्रकार के सुख यात्री की प्रतीक्षा करते हैं।

* बेईमान ईमानदार को हानि नहीं पहुंचा सकता। बेईमान यदि कभी ईमानदार को धोखा देने की कोशिश करेगा तो वह धोखा लौटकर बेईमान को ही हानि पहुंचाएगा।

जैनेन्द्र कुमार

* यदि हमारा धर्म अहिंसा है, तो हमारा यह दावा इसी कसौटी पर खरा या खोटा साबित होगा कि समाज में हम एक हैं कि नहीं?

* अगर सारी दुनिया को हम पाना चाहते हैं तो हमें यही सीखना है कि पाओ अपने को देकर।

* हर एक को अपना मोक्ष आप बनाना होता है। उसे अपनी राह भी आप बनानी होती है।

जैनोफ़न

* मनुष्य के लिए यह असम्भव है कि वह बहुत-से काम शुरू कर दे और सबको अच्छी तरह कर सके।

जैफ़रसन

* गुस्से में हो तो बोलने से पहले दस तक गिनो, अगर बहुत गुस्से में हो तो सौ तक।

टॉल्स्टॉय

* प्रेम स्वर्ग का मार्ग है।
* चापलूस इसलिए आपकी चापलूसी करता है क्योंकि वह आपको अयोग्य समझता है, लेकिन आप उसके मुंह से अपनी प्रशंसा सुनकर फूले नहीं समाते।
* यह कहना कि तुम एक व्यक्ति को आजीवन प्रेम करते रहोगे, यह कहने के समान है कि एक मोमबत्ती जब तक तुम चाहोगे तब तक जलती रहेगी।
* जिस तरह आग, आग को समाप्त नहीं कर सकती; उसी तरह पाप, पाप का शमन नहीं कर सकता।
* अपने प्रति बुद्धिमान बनने की अपेक्षा दूसरों के प्रति बुद्धिमान बनना सरल है।
* जीवन है तो आनन्द है, और परिश्रम है तो जीवन है।
* जीवन न मनोरंजन स्थल है, न आंसुओं की खान। जीवन एक सेवासदन है।
* जिसकी नीयत अच्छी नहीं होती, उससे कभी कोई महत्कार्य सिद्ध नहीं होता।
* असत्य मार्ग पर हम चाहे जितनी दूर जा चुके हों, वहां से लौट पड़ना, उस पर चलते रहने से बेहतर है।

* एक व्यक्ति ने गुनाह किया और दूसरे व्यक्तियों को उस गुनाह का विरोध करने के लिए इससे बेहतर और कोई तरीक़ा नज़र नहीं आया कि वे भी एक गुनाह करें — जिसे वे सज़ा देना चाहते हैं।

* जब तक मेरे पास ज़रूरत से ज़्यादा खाने की चीज़ें हैं और दूसरों के पास कुछ नहीं है; जब तक मेरे पास दो वस्त्र हैं और किसी आदमी के पास एक भी नहीं है, तब तक दुनिया में सतत चलते हुए पाप का मैं भागीदार हूं।

* दर्शनशास्त्र से दस ग्रन्थ लिखना आसान है, एक सिद्धान्त को अमल में लाना मुश्किल है।

* कलाकार बनने के लिए मुख्य शर्त है मानव-मात्र के प्रति प्रेम, न कि कला-प्रेम।

* कोई भी व्यक्ति दो मालिकों की सेवा नहीं कर सकता, क्योंकि या तो वह एक से घृणा करेगा और दूसरे से प्रेम या फिर वह एक के प्रति आसक्ति रखेगा और दूसरे से नफ़रत करेगा। तुम ईश्वर और कुबेर की पूजा एक साथ नहीं कर सकते।

टिटिलट्सन

* इससे अधिक विजय किसी व्यक्ति पर नहीं पाई जा सकती कि अगर पहले उसने कष्ट पहुंचाया था तो कृपालुता पहले हम दिखाएं।

टैगोर

* अधिकार जताने से अधिकार सिद्ध नहीं हो जाता।

* धूल स्वयं अपमान सहन कर लेती है और बदले में फूलों का उपहार देती है।

* अन्याय सह लेनेवाला भी अपराधी होता है। यदि वह न सहा जाए तो फिर कोई किसी से अन्यायपूर्ण व्यवहार कर ही नहीं सकेगा।

* स्त्री! तूने अपने अथाह आंसुओं से संसार के हृदय को ऐसे घेर रखा है जैसे समुद्र पृथ्वी को घेरे हुए है।

* मनुष्य जिस समय पशु-तुल्य आचरण करता है, उस समय वह पशुओं से भी नीचे गिर जाता है।

* अहं की मृत्यु द्वारा आत्मा रूप का वर्जन करते-करते अपने रूपातीत स्वरूप को प्रकाशित करता है।

* आयु में आनन्द है। समग्र शरीर के मंगल में, स्वास्थ्य में एक आनन्द है। इसी आनन्द का भाग कर देने से दो वस्तुएं प्राप्त होती हैं — एक ज्ञान और दूसरा प्रेम।

* निरर्थक आशा से बंधा मानव अपना हृदय सुखा डालता है और आशा की कड़ी टूटते ही वह झट से विदा हो जाता है।

* फूल चुनकर इकट्ठा करने के लिए मत ठहरो। आगे बढ़े चलो, तुम्हारे पथ में निरन्तर फूल खिलते रहेंगे।

* ईश्वर बड़े-बड़े साम्राज्यों से विमुख हो सकता है, लेकिन छोटे-छोटे फूलों से कभी खिन्न नहीं होता।

* उपदेश देना सरल है, उपाय बताना कठिन है।
* जो दूसरों पर उपकार जताने का इच्छुक है, वह द्वार खटखटाता है। जिसके हृदय में प्रेम है, उसके लिए द्वार खुले हैं।
* घास पृथ्वी पर अपने सहचरों की खोज करती है, वृक्ष आकाश में एकान्त का अनुसन्धान करते हैं।
* धन्य हैं वे लोग जिनकी प्रसिद्धि उनकी सत्यता से अधिक प्रकाश-मान नहीं होती।
* सज़ा देने का अधिकार केवल उसे है, जो प्रेम करता है।
* प्रेम से ही सृष्टि का जन्म होता है, प्रेम से ही उसकी व्यवस्था होती है और अन्त में प्रेम में ही वह विलीन हो जाती है।
* मनुष्य स्वयं अपने को बन्धन में डालता है।
* थोड़ा पढ़ना, ज़्यादा सोचना; कम बोलना, ज़्यादा सुनना — यही बुद्धिमान बनने के उपाय है।
* 'ग़लती न करनेवाली मशीन' और 'ग़लती करनेवाले मनुष्य' — इन दोनों में से किसी एक को पसन्द करना पड़े तो मनुष्य को ही पसन्द करना पड़ेगा।
* ग़लतफ़हमी से बहुधा सत्य का जन्म होता है, पर मशीन से किसी भी दशा में मनुष्य नहीं निकल सकता।
* कर्म में रहकर ही हम कर्म से महान हो सकते हैं। परित्याग करके या पलायन करके किसी प्रकार भी यह सम्भव नहीं है।

* मृत्यु थकावट के समान है, किन्तु सच्चा अन्त तो अनन्त की गोद में ही है।

* मौन अनन्त की भाषा है।

* धर्मयुद्ध बाहरी जीत के लिए नहीं होता, वह तो हारकर भी जीतने के लिए होता है।

* योग्यता के अभाव में यदि हम परस्पर मिलना-जुलना बन्द कर दें तब तो हममें से बहुतों को अज्ञातवास का व्रत लेना पड़ेगा।

* मैं वहां जा रहा हूं जहां कोई मेरा सम्मान न करे; ताकि कुछ स्वतन्त्रता पा सकूं।

* कुछ-न-कुछ कर बैठने को ही कर्तव्य नहीं कहा जा सकता। कोई समय ऐसा भी होता है, जब कुछ न करना ही कर्तव्य माना जाता है।

* समस्त कर्म का लक्ष्य आनन्द की ओर है एवं आनन्द का लक्ष्य कर्म की ओर है।

* कलाकार प्रकृति का प्रेमी है, अतएव वह उसका दास भी है और स्वामी भी।

* अगर तुम ग़लतियों को रोकने के लिए दरवाज़े बन्द कर दोगे तो सत्य भी बाहर रह जाएगा।

* चिन्ता से ही चिन्ता दूर होती है — इसे धोखे से रोकने का प्रयास करने से परिणाम उलटा होता है।

* ठोकरें केवल धूल ही उड़ाती हैं, धरती से फ़सलें नहीं उगातीं।

* जिसे पति बनना है, उसके लिए पुरुष बनना बहुत ज़रूरी है।

* जिन्हें हम हीन या नीच बनाए रखते हैं, वे भी क्रमशः हमें हेय और दीन बना देते हैं।

* मैंने अमर जीवन को और प्रेम को वास्तविक पाया और यह कि अगर मनुष्य निरन्तर सुखी बना रहना चाहता है तो उसे परोपकार के लिए ही जीवित रहना चाहिए।

* पवित्रता वह धन है जो प्रेम के बाहुल्य से प्राप्त होता है।

* जो पन्ने गिनकर पुस्तकों का मूल्य देते हैं, उनका मन पुस्तक के नीचे दबकर ही क़ब्र में पहुंच जाता है।

* सदैव प्रसन्न रहो। इससे मस्तिष्क में अच्छे विचार आते हैं और चित्त शुभ कामों की ओर लगा रहता है।

* जो शक्ति अपनी शरारत की शेखी बघारती है, उस पर गिरती हुई पीली पत्तियां और गुज़रते हुए बादल हंसते हैं।

* प्रेम के भीतर एक ऐसा अद्भुत रहस्य है, जहां एक ओर यदि कुछ भी न जानें तो वहां दूसरी ओर से सम्पूर्ण ज्ञान प्राप्त हो जाता है।

* यह बात याद रखनी चाहिए कि व्यर्थ की लज्जा आवश्यक लज्जा को मार डालती है।

* विश्वास उस पक्षी के समान है जो सवेरा होने से पूर्व के अन्धकार में ही प्रकाश का अनुभव करके चहचहाने लगता है।

* सौन्दर्य नरक में भी है, पर वहां के रहनेवाले उसकी पहचान नहीं कर पाते, यही तो उनकी सबसे बड़ी सज़ा है।

* मिट्टी, पानी और प्रकाश के साथ पूरा-पूरा सम्बन्ध रहे बिना शरीर की शिक्षा सम्पूर्ण नहीं होती।

* संसार में अपना-पराया कोई भी नहीं। जो किसी को अपना समझता है, वही अपना है; और जो पराया समझता है, वह अपना होने पर भी पराया है।

* मनुष्य की सबसे बड़ी सभ्यता स्वीकरण-शक्ति के प्रभाव से ही पूर्ण महत्ता प्राप्त कर सकी है।

* समय परिवर्तन की सम्पत्ति है।

* जो शान्तिपूर्वक सब-कुछ सह लेते हैं, उनके बारे में यह बिलकुल निश्चित है कि उन्हें आन्तरिक चोट गहरी पहुंची होती है।

* क्षण-प्रतिक्षण जो नवीन दिखाई दे, वही सुन्दरता का उत्कृष्ट नमूना है।

* स्नेह जितना ही गुप्त और जितना ही एकान्त का होता है, उतना ही प्रबल हुआ करता है।

* जब मैं स्वयं पर हंसता हूं तो मेरे मन का बोझ हलका हो जाता है।

* हर बच्चा इस सन्देश को लेकर आता है कि ईश्वर अभी मनुष्य से निराश नहीं हुआ।

* बरतन का पानी चमकदार होता है; समुद्र का पानी काला। लघु सत्य में स्पष्ट शब्द होते हैं; महान सत्य में महान मौन।

* मनुष्य सर्वत्र ही अपनी क्षुद्र बुद्धि और तुच्छ प्रवृत्ति का शासन फैलाकर कहीं भी सुख-शान्ति का स्थान न रहने देगा।

* जब इच्छा हो, तू इस दीपक को बुझा दे, मैं तेरे अन्धकार को जानूंगा और उसे प्यार करूंगा।

* सम्भव असम्भव से पूछता है, "तुम्हारा निवास-स्थान कहां है?" उत्तर मिलता है, "नपुंसक के सपनों में।"

* पूरे तौर पर पाना सबसे अच्छा है, लेकिन अगर वह असम्भव हो तो उसके बाद सबसे अच्छी चीज़ पूरे तौर पर खोना है।

* लकड़हारे की कुल्हाड़ी ने पेड़ से अपने लिए बेंटा मांगा, पेड़ ने दे दिया।

* वर्षा-बिन्दु ने चमेली के कान में कहा, "मुझे अपने हृदय में हमेशा रखना", चमेली ने आह भरकर कहा, "अफसोस", और ज़मीन पर जा पड़ी।

* चिड़िया के पंखों को सोने से मढ़ दो, बस फिर वह कभी आकाश में नहीं उड़ सकेगी।

* नदी का यह किनारा आह भरकर कहता है, "सामने के किनारे पर ही तमाम सुख है, यह मैं अच्छी तरह जानता हूं।" सामने का किनारा पहलेवाले से भी गहरी आह भरकर कहता है, "जगत् में जितना सुख है, वह तमाम पहले ही किनारे पर है।"

* जो थकान में समाप्त होती है, वह मौत है, लेकिन परिपूर्ण परिसमाप्ति अनन्त में है।

* श्रद्धा वह चिड़िया है जो प्रकाश का अनुभव कर लेती है और अंधेरे प्रभात में गाने लगती है।

टैनीसन

* आत्म-विश्वास, आत्म-ज्ञान और आत्म-संयम केवल यही तीन जीवन को परम शक्ति-सम्पन्न बना देते हैं।

* जिस वस्तु का अस्तित्व नहीं है, उसे हम विश्वास से उत्पन्न नहीं कर सकते।

* आदमी जितना महान होगा, उतना ही नम्र होगा।

* वह झूठ जो अर्ध-सत्य है, हमेशा सबसे काला झूठ है।

ट्राइडन

* बिना किसी महान उद्देश्य से सरशार हुए न कभी कोई वक्ता हुआ, न होगा, न हो सकता है।

* आनन्द-शून्य जीवन से तो जीवन का न होना अच्छा।

ड्यूम्स

* सब एक के लिए, एक सबके लिए।

डॉडरिज़

* मान लो, कोई व्यक्ति रोज़ाना एक निश्चित समय पर सोता है, और अगर वह चालीस बरस तक सात बजे के बजाय पांच बजे उठा करे, तो उसकी उम्र में क़रीब दस बरस की वृद्धि हो जाएगी।

डिकिन्स

* ऐसा भी समय आता है जब अज्ञानता भी वरदान सिद्ध होती है।
* यदि हम जीवन-पथ पर पुष्प नहीं बिखेर सकते, तो कम-से-कम उस पर हम मुस्कानें तो बिखेर ही सकते हैं।
* पूर्ण तत्परता सब-कुछ है और उससे कम कुछ भी नहीं।
* ऐसा हृदय रखो जो कभी कठोर नहीं होता और ऐसा स्वभाव जो कभी नहीं उकताता और ऐसा स्पर्श जो कभी कष्ट नहीं पहुंचाता।
* कोई ऐसी घड़ी नहीं बना सकता जो मेरे गुज़रे हुए घंटों को फिर से बजा दे।

डिज़राइली

* वह लेखक जो अपनी ही पुस्तकों के बारे में बोलता है, लगभग उतना ही तुच्छ है, जितनी वह मां, जो अपने ही बच्चों की बातें करती है।

* वाणी से बढ़कर चरित्र की निश्चित परिचायिका और कोई चीज़ नहीं।

* समय क़ीमती है, पर सत्य उससे भी ज़्यादा क़ीमती है।

* सफलता का रहस्य यह है कि अपने लक्ष्य को सदा सामने रखो।

* साफ़गोई से बढ़कर समझदारी नहीं।

* इस संसार में प्रत्येक वस्तु संकल्प-शक्ति पर निर्भर है।

* कुछ लोगों को सोसाइटी का बड़ा ज्ञान होता है, मानव-जाति का बिलकुल नहीं।

* काम करने से हमेशा आनन्द भले ही न मिले; बिना काम किए तो कदापि नहीं मिलता।

* कभी शिकायत न करो, कभी सफ़ाई न दो।

डिमॉस्थनीज़

* किसी व्यक्ति को उसके प्रति की गई मेहरबानी की याद दिलाना और उसका ज़िक्र करना गाली देने के समान है।

डेमोक्रिटस

* अशुभ लाभ की आशा हानि का श्रीगणेश है।

डेल कारनेगी

* हंसनेवाले लखपती दुर्लभ हैं।
* आनन्द बाह्य परिस्थितियों पर नहीं, भीतरी परिस्थितियों पर निर्भर है।

डली

* आनन्दों के पीछे पड़कर हम महान सद्गुणों की अवगणना करते रहते हैं।

तुर्गनेव

* मनुष्य जब प्रार्थना करता है तो चाहता है कि कुछ चमत्कार हो जाए।

तुलसी

* जाकी रही भावना जैसी
  प्रभु मूरति देखी तिन तैसी

* पर उपकार वचन-मन-काया
सन्त सहज सुभाव खजराया

* तुलसी मीठे वचन ते, सुख उपजत चहुं ओर
वशीकरण इक मन्त्र है, तज दे वचन कठोर

* तुलसी यहि संसार में भांति-भांति के लोग
सब सों हिलि-मिलि चालिए नदी-नाव-संजोग

* तुलसी काया खेत है, मनसा भये किसान
पाप-पुण्य दोउ बीज हैं, बुवै सो लुनै निदान

* सुर नर मुनि सबकी यह रीती
स्वारथ लागि करैं सब प्रीती

* धीरज धरम मित्र अरु नारी
आपति काल परखिये चारी

* दया धर्म का मूल है, पाप मूल अभिमान
तुलसी दया न छोड़िए, जब लग घट में प्रान

* आवत ही हर्षे नहीं, नयनन नहीं सनेह
तुलसी तहां न जाइये, कंचन बरसे मेह

* काम, क्रोध, मद, लोभ सब, प्रबल मोह की धार
तिनमहं अति दारुण दुखद, माया रूपी नार

* जगमग अन्दर में हिया, दिया न बाती तेल
परम प्रकासक पुरुष का, कहा बताऊं खेल

* स्वारथ के सब ही सगे, बिन स्वारथ कोई नाहिं
सेवें पक्षी सरस तरु, निरस भए उड़ि जाहिं

* नीच नीच सब तरि गये, सन्त चरन लौलीन
जातिहि के अभिमान ते, डूबे बहुत कुलीन

थॉमस कैम्पी

* भाई, भूलो मत! शैतान कभी नहीं सोता।

थॉमसन

* सुन्दरता को बाहरी आभूषण की ज़रूरत नहीं, बल्कि जब वह अनाभूषित है तभी सर्वाधिक आभूषित है।

* सच्ची शान अपने ही ऊपर मौन विजय से उमड़ती है; और उसके बिना विजेता अव्वल नम्बर के गुलाम के अलावा कुछ भी नहीं है।

थेल्स

* शरीर का आनन्द स्वास्थ्य में है, मन का आनन्द ज्ञान में।

थैकर

* प्रसन्नचित्तता से बढ़कर और क्या पोशाक पहनकर आप सोसाइटी में जाएंगे।

* सच्चा साहस और शराफ़त हमेशा साथ रहते हैं।

* सबसे वीर लोग सबसे ज़्यादा क्षमाशील और झगड़ों से बचने के लिए प्रयत्नशील होते हैं।

थोरो

* मुझे एकान्त से बढ़कर योग्य साथी कभी नहीं मिला।

* दार्शनिक होने का अर्थ केवल सूक्ष्मविचारक होना नहीं है, या केवल किसी दर्शन-प्रणाली को चला देना नहीं है, बल्कि यह है कि हम ज्ञान के ऐसे प्रेमी बन जाएं कि उसके इशारों पर चलते हुए विश्वास, सादगी, स्वतन्त्रता और उदारता का जीवन व्यतीत करने लगें।

* क्या तुमने कभी ऐसे आदमी का नाम सुना है, जिसने निष्ठापूर्वक जीवन-भर प्रयास किया हो और किसी हद तक भी सफल न हुआ हो?

* सबसे महान कलाकार वह है जो अपने जीवन को ही कला का विषय बनाए।

* मनुष्य अपने आनन्द का निर्माता स्वयं है।

* सबसे अच्छी पुस्तकें पहले पढ़ डालो, वर्ना शायद तुम्हें उन्हें पढ़ने का समय ही न मिल पाए।

* केवल भले न बनो, कुछ भलाई भी करो।

* आदमी अपने औज़ारों के औज़ार हो गए हैं।

* वही सफल होता है जिसका काम उसे निरन्तर आनन्द देता है।

* समझदारी का एक लक्षण यह है कि दुस्साहस न करे।

* यदि तुम किसी को यह विश्वास दिलाना चाहते हो कि वह ग़लती पर है, तो सच्चाई को करके दिखलाओ।

* आदमी देखी हुई चीज़ पर विश्वास करते हैं; उन्हें देखने दो।

* कानून व्यक्तियों को कभी स्वतन्त्र नहीं बनाएगा; व्यक्तियों को ही कानून को स्वतन्त्र बनाना है।

* सबसे अटल नियम यह है कि जैसी हम आशंका करते हैं, वैसा हो गुज़रता है।

* यदि तुम गन्दगी से और संसार-भर के पापों से बचना चाहते हो, तो ख़ूब दृढ़तापूर्वक काम करो, चाहे तुम्हारा काम अस्तबल साफ़ करना ही क्यों न हो।

* जो कुछ मनुष्य के लिए ज़रूरी है, वह उसके पास है।

* आवश्यकता केवल इस बात की है कि हम औरों के लिए उतने ही सच्चे हों जितने हम अपने लिए हैं, ताकि मित्रता के योग्य हो सकें।

दान्ते

* कला ईश्वर की परपौत्री है।

* सोचो कि आज का दिन फिर कभी नहीं आएगा।

नाज़िम हिकमत

* सबसे आकर्षक समुद्र वह है जिसे हममें से किसी ने नहीं देखा। सबसे सुन्दर दिन वे हैं जो अभी हमने गुज़ारे नहीं। सबसे प्यारी बातें वे हैं जिन्हें मेरे होंठ अभी तक तुमसे नहीं कह सके।

नीत्शे

* बदला लेने और प्रेम करने में नारी पुरुष से अधिक निर्दयी होती है।
* इन्सान अपने को आसानी से ईश्वर क्यों नहीं समझ लेता, इसका मुख्य कारण पेट है।
* प्रतिभा एक प्रकार का आचरण है और आचरण भी एक प्रकार का आवरण है।
* बहुत-सी वस्तुओं का अपूर्ण ज्ञान प्राप्त करने की अपेक्षा अज्ञानता में विचरना श्रेयस्कर है।
* विशाल जन-समूह निरे साधन हैं, अथवा रुकावटें या नक़लें हैं; महान कार्य ऐसी सामूहिक हलचल पर निर्भर नहीं हुआ करते, क्योंकि सर्वोत्तम और सर्वश्रेष्ठ का भी जन-समूह पर कोई प्रभाव नहीं।

प्लुटार्क

* व्यक्ति के गुणों और अवगुणों की ठीक-ठीक जांच सदैव उसके प्रसिद्ध कामों से नहीं होती; बल्कि एक छोटा-सा काम, एक छोटी-सी बात या एक छोटे-से मज़ाक़ से भी व्यक्ति के वास्तविक चरित्र पर काफ़ी प्रकाश पड़ता है।

प्रेमचन्द

* संसार में सबसे बड़ा अधिकार सेवा और त्याग से पैदा होता है।
* अन्याय को मिटाओ, लेकिन अपना आप मिटाकर नहीं।
* अपमान का भय कानून के भय से किसी तरह कम क्रियाशील नहीं होता।
* घमंडी आदमी प्रायः शक्की हुआ करता है।
* जो वस्तु आनन्द प्रदान नहीं कर सकती, वह सुन्दर नहीं हो सकती; और जो सुन्दर नहीं हो सकती, वह सत्य भी नहीं हो सकती। जहां आनन्द है, वहां सत्य है।
* उधार वह मेहमान है जो एक बार आकर जाने का नाम नहीं लेता।
* एकान्तवास शोक-ज्वाला के लिए समीर के समान है।
* कवि वह संपेरा है जिसकी पिटारी में सांपों के स्थान पर हृदय बन्द होते है।

* ख्याति वह प्यास है जो कभी नहीं बुझती। अगस्त्य ऋषि की तरह सागर को पीकर भी शान्त नहीं होती।
* यदि झूठ बोलने से किसी की जान बचती हो, तो झूठ पाप नहीं पुण्य है।
* नशे में क्रोध की भांति ग्लानि का वेग भी सहज ही में उठ आता है।
* आत्म-सम्मान की रक्षा हमारा सबसे पहला धर्म है। आत्मा की हत्या करके अगर स्वर्ग भी मिले तो वह नरक है।
* विपत्ति में भी जिस हृदय में सद्ज्ञान उत्पन्न न हो, वह उस सूखे वृक्ष के समान है जो पानी पाकर भी पनपता नहीं, सड़ जाता है।
* निराशा में प्रतीक्षा अन्धे की लाठी है।
* परिस्थितियों से गिरनेवाला मनुष्य उन परिस्थितियों का त्याग करने से ही बच सकता है।
* संसार में दुर्बल और दरिद्र होना पाप है।
* चित्त की प्रसन्नता ही व्यवहार में उदारता बन जाती है।
* सच्चा प्रेम संयोग में भी वियोग की मधुर वेदना का अनुभव करता है।
* मन एक भीरु शत्रु है जो सदैव पीठ के पीछे से वार करता है।
* मोह का स्थान मन है।
* यश त्याग से मिलता है, धोखाधड़ी से नहीं।
* सच्ची लगन को कांटों की परवाह नहीं होती।

* विपत्ति से बढ़कर अनुभव सिखानेवाला कोई विद्यालय आज तक नहीं खुला।

* विश्वास प्रेम की प्रथम सीढ़ी है।

* शत्रुता का अन्त शत्रु के जीवन के साथ ही हो जाता है।

* स्वार्थ में मनुष्य बावला हो जाता है।

* मनुष्य बराबरवालों की हंसी नहीं सह सकता; क्योंकि उनकी हंसी में ईर्ष्या, व्यंग्य एवं जलन होती है।

* मनुष्य का हृदय अभिलाषाओं का क्रीड़ास्थल एवं कामनाओं का आवास है।

फ्रांकोइस

* यदि संसार हमारे सुकृत्यों के पीछे रहे हुए इरादों को जान जाए तो हमें अपने उत्तम से उत्तम कार्यों के लिए भी लज्जित होना पड़े।

फ़िराक

* मौत का भी इलाज हो शायद
  ज़िन्दगी का कोई इलाज नहीं

* न समझने की ये बातें हैं न समझाने की
  ज़िन्दगी उचटी हुई नींद है दीवाने की

* गुर ज़िन्दगी के सीखे खिलती हुई कली से
  लब पर है मुस्कराहट दिल खून रो रहा है

* हमें भी देख जो इस दर्द से कुछ होश में आए
  अरे दीवाना हो जाना मुहब्बत में तो आसां है

* कोई समझे तो एक बात कहूं
  इश्क़ तौफ़ीक़ है गुनाह नहीं

फिलिप सिडनी

* भलाई करने से ही मनुष्य को निश्चित रूप से आनन्द मिलता है।

फ़ील्डिंग

* लगन अपने से उलटी दिशा में आदमी को उसी तरह नहीं दौड़ा सकती जिस तरह तेज़ नदी अपनी ही धारा के ख़िलाफ़ नाव को नहीं ले जा सकती।

फ़ुलर

* जो उपदेश आत्मा से निकलता है, आत्मा पर सबसे ज़्यादा कारगर होता है।

* पहले अपराधी तो वे हैं, जो अपराध करते हैं और दूसरे वे, जो उन्हें होने देते हैं।

* असम्भव की आशा न करो।

फ़ेरबेर्न

* जो एकान्त का सेवन नहीं करता, वह कभी सोसाइटी का आनन्द नहीं ले सकता।

फ़ौम

* स्वतन्त्रता राष्ट्रों का शाश्वत यौवन है।

बर्क

* सुरक्षा के लिए स्वतन्त्रता की भी सीमा होनी चाहिए।

* शिक्षा क्या है? क्या पुस्तकीय ज्ञान? कदापि नहीं। संसार, मनुष्य और उसके कर्मों की एकसारता का नाम ही ज्ञान है।

* नसीहत की बजाय हम नकल ही के द्वारा अधिक सीखते हैं।

* प्रेम के बाद सहानुभूति मानव-मन का प्रणयतर प्रकटन है।

* जो मानव-मात्र की कमियों से झगड़ा करता है, वह ईश्वर पर आरोप लगाता है।

* चापलूसी लेने और देने वाले, दोनों को भ्रष्ट करती है।

* सद्ज्ञान और सदाचार के बिना स्वतन्त्रता क्या है? सबसे बड़ा अभिशाप।

* जब दुष्ट लोग गुट बना लें तो सज्जनों को भी संगठित हो जाना चाहिए; अन्यथा एक-एक करके उन सबकी बलि चढ़ जाएगी।

बर्कले

* जो यह कहता है कि 'ईमानदार व्यक्ति' नाम की कोई वस्तु है ही नहीं, वह स्वयं धूर्त है।

* जो अपनी स्वतन्त्रता के खोने से प्रारम्भ कर सकते हैं, वे अपनी शक्ति खोकर समाप्ति करेंगे।

बर्ट्रेंड रसल

* नशे की हालत तात्कालिक आत्महत्या है; जो सुख वह देती है केवल नकारात्मक है, दुख की क्षणिक विस्मृति।

* सभ्यता का अन्तिम सुफल यह हो कि हमें फुरसत के वक़्त का उपयोग समझदारी से करना आ जाए।

* प्रेम मनुष्य के भीतर एक शरीफ़ भावना का नाम है; जिसे निकाल दिया जाए तो मनुष्य और पशु में अन्तर नहीं रहता।

बर्नार्ड शॉ

* मेरी राय मानो, अपनी नाक के आगे न देखा करो। तुम्हें हमेशा मालूम होता रहेगा कि उससे आगे भी कुछ है और वह ज्ञान तुम्हें आशा और आनन्द से मस्त रखेगा।

* अपने लक्ष्य को न भूलो, अन्यथा जो कुछ मिलेगा उसी में सन्तोष मानने लगोगे।

* विचारों के युद्ध में पुस्तकें ही अस्त्र हैं।

* मृत्यु ही वह जन्तु है, जिससे मैं कायर की तरह डरता हूं।

* आज पढ़ना सब जानते हैं; पर क्या पढ़ना चाहिए यह कोई नहीं जानता।

* जीवन के केवल दो स्थल ही दुखमय होते हैं — प्रथम तो इच्छाओं की पूर्ति हो जाना और द्वितीय इच्छाएं अपूर्ण रहना।

* जब तक तुम स्वदेश-प्रेम को मानवता से बाहर नहीं खदेड़ देते, तब तक तुम कभी भी एक शान्तिमय विश्व का निर्माण नहीं कर सकते।
* विश्व के सम्पूर्ण महान सत्य भ्रम के रूप में उत्पन्न हुए थे।
* व्यसनों के प्रति विरोध का नाम ही सद्गुण नहीं है, अपितु व्यसनों की ओर प्रवृत्ति का न जाना ही सद्गुण है।
* क्रियाशीलता ही ज्ञान का एकमात्र मार्ग है।
* झूठे की सज़ा यह नहीं है कि उसका विश्वास नहीं किया जाता, बल्कि यह है कि वह किसी का विश्वास नहीं कर सकता।
* निर्णय जल्दी कीजिए, लेकिन देर तक सोचने के बाद।
* पूंजीवाद को छोड़कर, क्रान्ति से अधिक घृणित और कोई चीज़ नहीं।
* तिरस्कार दिखाने का सर्वोत्तम तरीक़ा है मौन।
* स्त्री या पुरुष की सभ्यता का पता इस बात से लग जाता है कि वे झगड़े के समय कैसा बरताव करते हैं।
* दासों के देश में दास ही राज करते हैं और उनकी मंडियों में व्यापारियों का राज होता है।
* यदि तुम ईश्वर को देखना चाहते हो तो तुम्हें ईश्वर बन जाना पड़ेगा।
* कम आयु और नाबालिग़ बच्चों के कच्चे दिमाग़ों में किसी ख़ास क़िस्म के विश्वास ठूंसना निकृष्टतम गर्भपात है।

बायरन

* उन सभी लोगों को, जो आनन्द चाहते हैं, आनन्द बांटना चाहिए; क्योंकि आनन्द जुड़वां पैदा हुआ है।

* व्यस्त मनुष्य को आंसू बहाने का अवकाश नहीं।

* असफलता की भावना से सफलता का उत्पन्न होना उतना ही असम्भव है जितना कि बबूल के वृक्ष से गुलाब के फूल का निकलना।

* ज्ञानी को सबसे अधिक चक्कर में डालनेवाली यदि कोई वस्तु है तो वह है मूर्ख की हंसी।

* घृणा हृदय का पागलपन है।

* मनुष्य परिस्थितियों का खेल है, जबकि परिस्थितियां ही इन्सान को खेल मालूम होती हैं।

* ख़ून की नदियां बहाने की बजाय एक आंसू पोंछने में अधिक सच्ची प्रसिद्धि है।

* एक हज़ार वर्ष भी कठिनाई से एक राष्ट्र बना पाते हैं, लेकिन वह राष्ट्र केवल एक घंटे में समाप्त हो सकता है।

* सत्य की ओर ले जानेवाला प्रथम प्रशस्त मार्ग कठिनाइयां हैं।

* पुश्तैनी गुलामो! क्या तुम नहीं जानते कि जिन्हें स्वतन्त्र होना होता है, उन्हें स्वयं ही प्रहार करना पड़ता है।

* जिसे मृत्यु कहते हैं, वह चीज़ है जिस पर लोग रोते हैं, फिर भी तिहाई जीवन सोने में गुज़ार दिया जाता है।

* हर वस्तु में संगीत है, यदि मनुष्य सुन सके।

* वह इच्छा, जिसे युग मनुष्य के मन से नहीं निकाल सके, यह है कि मन की मौज के सिवा कोई मालिक न हो।

* उसने अपनी आत्मा की उज्ज्वलता को क़ायम रखा था, इसलिए लोग उसके लिए यूं रोए।

* मनुष्य — आंसुओं और मुस्कानों के बीच लटका हुआ पेंडुलम है।

* समाज — कुछ सभ्य ख़ानाबदोश लोगों के दो दलों का नाम है। सताए हुए और सतानेवाले।

* इन्सान का ज़मीर ख़ुदा का पैगम्बर है।

* स्याही की एक बूंद दस लाख व्यक्तियों को विचारमग्न कर सकती है।

* विपत्ति सत्य का पहला रास्ता है।

बाल्ज़ाक

* आवश्यकता ही प्रायः प्रतिभा की प्रेरक है।

* शायद ईश्वर के विश्वासी ही गुप्त रूप से भलाई कर सकते हैं।

* कितनी दुखद बात है कि मनुष्य की सबसे सुन्दर भावनाएं भी पैसे से सम्बन्धित हैं।

* कविता मन के विशाल क्षेत्र में बड़ी कष्टकर यात्राओं के बाद पैदा होती है।

बीचर

✱ इस दुनिया में हम जो लेते हैं वह नहीं, बल्कि जो देते हैं वह हमें धनवान बनाता है।

✱ कृतघ्नता के बाद सहने में सबसे कष्टप्रद चीज़ कृतज्ञता है।

✱ जीवन का लक्ष्य सुख नहीं, चरित्र है।

✱ दान की सफ़ेद चादर से हम अपने असंख्य पाप छिपाते हैं।

✱ अनियमित ग़रीबी से अनियमित अमीरी ज़्यादा ख़तरनाक है।

✱ शरीर वीणा है और आनन्द संगीत। यह ज़रूरी है कि यन्त्र दुरुस्त रहे।

✱ तुम विजय के इतने नज़दीक कभी नहीं हो, जितने जब कि तुम किसी नेक काम में हार खा जाओ।

✱ उदारता का हर कार्य स्वर्ग की ओर एक क़दम है।

बेकन

✱ एक की मूर्खता दूसरे का भाग्य बनती है।

✱ सद्गुणों का सर्वोत्तम पुरस्कार स्वयं सद्गुण है और दुर्गुण का घोरतम दंड स्वयं दुर्गुण है।

✱ धन खाद की तरह है, जब तक फैलाया न जाए, बहुत कम उपयोगी है।

* बुरा आदमी उस वक़्त बदतर हो जाता है जब वह साधु होने का ढोंग करता है।

* साधारण व्यक्तियों की प्रशंसा प्रायः झूठी होती है और ऐसी प्रशंसा सज्जनों की अपेक्षा धूर्तों की ही अधिक की जाती है।

* दाम्पत्य-प्रेम मानव-जाति का सृजन करता है, मित्रतापूर्ण प्रेम उसे पूर्ण बनाता है।

* जो बदले का ध्यान रखता है, वह अपने ही घावों को हरा रखता है।

* भाग्य एक बाज़ार है जहां कुछ देर ठहरने से अकसर भाव गिर जाता है।

* जब आत्मा हर कर्तव्य का तुरन्त पालन करना चाहे तो उसे ईश्वर की उपस्थिति का भान है।

* इज़्ज़त खोना आज़ादी खोना है।

* उच्च पद पर टेढ़ी-मेढ़ी सीढ़ी के बिना नहीं पहुंचा जा सकता।

* मौन नींद के समान है, वह विवेक को ताज़ा कर देता है।

* व्यवहार पोशाक की तरह होना चाहिए — अति तंग नहीं, बल्कि ऐसा कि जिसमें हरक़त और कसरत आसानी से हो सके।

* बुद्धिमान व्यक्ति को जितने अवसर प्राप्त होते हैं, उनसे अधिक तो वह स्वयं पैदा करता है।

* किसी राष्ट्र की प्रतिभा, कुशाग्रता और आत्मा का पता उसकी कहावतों से लगता है।

* कुछ पुस्तकें चखने के लिए हैं, कुछ निगल जाने के लिए और कुछ थोड़ी-सी चबाए जाने और हज़म किए जाने के लिए।

* प्रकृति के सब काम धीरे-धीरे होते हैं।

* जो अच्छी सलाह देता है, एक हाथ से बनाता है; जो अच्छी सलाह और आदर्श पेश करता है, दोनों से बनाता है; लेकिन जो अच्छी चेतावनी देता है और बुरा आदर्श, वह एक हाथ से बनाता है और दूसरे से गिराता है।

* बोलने में समझदारी से काम लेना वाक्पटुता से अच्छा है।

* सत्य के तीन भाग हैं : पहला पूछना, जो कि उसका प्रेम है; दूसरा उसका ज्ञान, जो कि उपस्थिति है; और तीसरा विश्वास, जो कि उसका उपभोग है।

* आदमी अच्छा करे कि अपनी जेब में काग़ज़, पेंसिल रखे और वक़्त के विचारों को तुरन्त लिख डाले। जो अनायास आते हैं वे अकसर सबसे ज़्यादा क़ीमती होते हैं। उन्हें संभालकर रखना चाहिए, क्योंकि वे बार-बार नहीं आते।

बेली

* समस्त धोखों में पहला और बुरा धोखा अपने-आप को धोखा देना है।

* जुगनू तभी तक चमकता है जब तक उड़ता रहता है। यही हाल मन का है। जब हम रुक जाते हैं तो अंधेरे में पड़ जाते हैं।

* वह सबसे अधिक जीता है जो सबसे अधिक सोचता है, उत्कृष्टतम भावनाएं रखता है, सर्वोत्तम रीति से कार्य करता है।

* लोगों का, केवल उनके धन के कारण आदर न करो, बल्कि उनकी उदारता के कारण; हम सूरज की क़दर उसकी ऊंचाई के कारण नहीं करते, बल्कि उसकी उपयोगिता के कारण करते हैं।

* सादगी कुदरत का पहला क़दम है और कला का आख़िरी।

ब्रूयर

* सबसे कोमल, सबसे उचित प्रसन्नता यह है कि हम दूसरों की प्रसन्नताओं में वृद्धि करें।

जे. ब्राउन

* आदमी किसी विचार की ख़ातिर जान दे देंगे, परन्तु उसका विश्लेषण नहीं करेंगे।

ब्राउनिंग

* क्षमा करना अच्छा है, भूल जाना उससे भी अच्छा है।

* जब व्यक्ति में अन्तर्युद्ध शुरू हो जाता है, तब उसका कुछ मूल्य हो जाता है।

ब्लैक

* कृतज्ञता साक्षात बैकुंठ है।

मार्क ट्वेन

* अकसर, मुर्ग़ी जिसने केवल एक अंडा दिया होता है, ऐसे कुड़कुड़ाती है जैसे किसी नक्षत्र को जन्म दिया हो।

मिल्टन

* शक्ति द्वारा शत्रु पर विजय प्राप्त करना अधूरी विजय है।
* संसार की सारी सेनाएं मिलकर इतने मानवों और इतनी सम्पत्ति को नष्ट नहीं करतीं, जितनी शराब पीने की आदत।
* मृत्यु वह सोने की चाभी है जो अमरत्व के भवन को खोल देती है।
* नेक आदमी ही आज़ादी को दिल से प्यार करते हैं; बाक़ी लोग स्वतन्त्रता नहीं, स्वच्छन्दता चाहते हैं।
* प्रत्येक दुष्टता दुर्बलता है।
* सुनो, मैं क्या कह रहा हूं : ख़तरे से ख़ाली कोई जगह नहीं है। हर जगह सज्जन को दुर्जन मिल ही जाता है।

* भलाई जितनी ज़्यादा दी जाती है, उतनी ही ज्यादा मिलती है।
* मन नरक का स्वर्ग बना सकता है, स्वर्ग का नरक।
* विश्वास से आश्चर्यजनक प्रोत्साहन मिलता है।
* मुझे अन्य सब स्वतन्त्रताओं से पहले अपने अन्तःकरण के अनुसार जानने, सोचने, मानने और बोलने की स्वतन्त्रता दो।
* शान्ति की विजय सामरिक विजयों से कम महत्त्वपूर्ण नहीं।
* प्रकृति को बुरा-भला न कहो। उसने अपना कर्तव्य पूरा किया, तुम अपना करो।
* सूर्य की किरणों को और सत्य को किसी बाहरी स्पर्श से बिगाड़ना असम्भव है।

मीनेन्डर

* क्रोध में की गई सब बातें अन्त में उल्टी पड़ जाती हैं।

मैक्डानल्ड

* विश्वास का प्रधान अंग सन्तोष है।

मैकाले

* जो किसी रोशन और साहित्यिक समाज का महान कवि बनने की महत्त्वाकांक्षा रखता है, उसे पहले एक छोटा बच्चा बनना पड़ेगा।

मैगनस गौटफ्रीड

* अन्धे उत्साह से हानि ही हानि है।

मौन्टेन

* जिसमें शराफ़त और ईमानदारी नहीं, उसके लिए समस्त ज्ञान कष्टकारी है।

यंग

* ख़ुशियों से सावधान रह।
* ओ इन्सान! अपने-आप को जान; समस्त ज्ञान वहीं केन्द्रीभूत होता है।
* बादल चाहे पदवियां और जागीरें बरसा दे, दौलत चाहे हमें ढूंढ़े, लेकिन ज्ञान को तो हमें ही खोजना पड़ेगा।

* शान्ति ठीक वहां से शुरू होती है, जहां महत्त्वाकांक्षा का अन्त हो।

* यदि यह जान लिया जाए कि परिग्रह-पापी अपनी प्रचुरता का कितना कम भोगोपभोग कर पाते हैं तो संसार से बहुत-सी ईर्ष्या मिट जाए।

रहीम

* 'रहिमन' धागा प्रेम का, मत तोरहु चटकाय
  टूटे से फिर न मिलै, मिलै गांठ परि जाय

* 'रहिमन' निज मन की व्यथा, मन ही राखो गोय
  सुनि अठिलै हैं लोग सब, बांटि न लै हैं कोय

* बड़े बड़ाई न करैं, बड़े न बोलैं बोल
  'रहिमन' हीरा कब कहै, लाख टका है मोल

* 'रहिमन' वे नर मर चुके, जो कहुं मांगन जांहि
  उनते पहले वे मुए, जिन मुख निकसत नांहि

* तरुवर फल नहिं खात हैं, सरवर पियहिं न पानि
  कहि 'रहीम' पर काज हित, सम्पति संचहिं सुजानि

* जो 'रहीम' उत्तम प्रकृति, का करि सकत कुसंग
चन्दन विष व्यापत नहीं, लिपटे रहत भुजंग

रस्किन

* अपराध को दंड से नहीं रोका जा सकता।
* समस्त महान ग़लतियों की तह में अभिमान ही होता है।
* मानव की बहुमुखी भावनाओं का प्रबल प्रवाह जब रोके नहीं रुकता, तभी वह कला के रूप में फूट पड़ता है।
* दो अर्थोंवाले शब्द लेकर किसी विशेष शब्द पर ज़ोर देकर, या आंख के इशारे से भी झूठ बोला जाता है। इस प्रकार का झूठ स्पष्ट शब्दों में बोले गए झूठ से कई गुना बुरा है।
* मेरा विश्वास है कि वास्तविक महान पुरुष की पहली पहचान उसकी नम्रता है।
* अधिक जनसंख्या होने से या दूसरे देशों को हड़पकर कोई भी राष्ट्र शक्तिशाली नहीं हो सकता।
* अपनी राष्ट्रीयता की भावना शुद्ध रखो, आपका राष्ट्रीय दृष्टिकोण स्वयंमेव प्रबुद्ध हो जाएगा।
* हमारी रुचि हमारे जीवन की कसौटी है और हमारे मनुष्यत्व की पहचान है।

* मनुष्य का स्वभाव निम्न एवं पतित होने की अपेक्षा उच्च एवं दिव्य है।
* मैं बगुले को तीर का निशाना बनाने की बजाय उसे उड़ते देखना चाहता हूं। किसी बुलबुल को खा जाने की बजाय उसे गाते सुनना चाहता हूं।
* सबसे महान कलाकार वह है जिसकी कृतियों में महानतम विचार अधिकतम संख्या में हों।
* यदि कोई पुस्तक पढ़ने लायक है तो वह ख़रीदने लायक भी है।
* घमंड से आदमी फूल सकता है, फैल नहीं सकता।
* यदि दूसरों को आपके धन की गरज न हो, तो आपका धन बेकार है।
* धैर्य समस्त आनन्दों और शक्तियों का मूल है।
* सबसे महान भावना है अपने को बिलकुल भूल जाना।
* सबसे बड़ा काम जो कला कर सकती है, वह यह है कि वह हमारे सामने शरीफ़ इन्सान की सही तस्वीर रखे।
* शिक्षण वह है जो आत्मा का परिचय करा दे और वही लेना चाहिए।
* याद रखो कि दुनिया में सबसे ज़्यादा ख़ूबसूरत चीज़ें सबसे ज़्यादा-निकम्मी होती हैं, जैसे मोर और कमल।
* जीवन-विज्ञान इसमें है कि हम जितनी बुराइयों को रोक सकें, रोकें, और जो अवश्यम्भावी है उसका सर्वोत्तम सदुपयोग करें।
* तुम पहले तो मनुष्य को खाई में ढकेल देते हो और फिर उससे कहते हो कि "जिस हाल में ईश्वर ने तुझे डाल दिया है, उसमें सन्तुष्ट रह।"
* अज्ञान की दलील दुष्परिणामों से नहीं बचा सकती।

* मक्कारों और गद्दारों के लिए कोई कानून नहीं हैं; वे गर्त में पड़ने से नहीं रोके जा सकते; ज़मीन आख़िरकार उन्हें निगल जाती है, गुरुत्वाकर्षण के सिवाय उनके लिए कोई नियम नहीं है।

* सर्वोत्तम काम कभी केवल धन के लिए नहीं किया जाता और न कभी किया जाएगा।

* यदि तुम हर जीव के प्रति यत्नपूर्वक दयालु नहीं हो, तो तुम बहुधा बहुतों के प्रति क्रूर होगे।

* सैनिक का अन्तिम और शाश्वत कर्तव्य दुष्टों को दंड देना और काहिलों को काम करने पर विवश करना है। दूसरे देशों से अपने देश की रक्षा करना, जो कि आजकल उसका फ़र्ज़ है, शीघ्र समाप्त हो जाएगा।

* सच्ची शिक्षा का समूचा उद्देश्य लोगों को ठीक कार्यों में रत कर देना ही नहीं, बल्कि उन्हें ठीक कार्यों में रस लेने लायक बना देना है।

* विचार शून्यता हमारे समय की प्रधान सार्वजनिक आपत्ति है।

* ईश्वर नहीं चाहता कि इस संसार में कोई व्यक्ति निष्कर्मा रहे। लेकिन मुझे यह भी उतना ही स्पष्ट दीखता है कि वह चाहता है, प्रत्येक व्यक्ति अपने काम में आनन्द माने।

राधाकृष्णन्

* धर्म का लक्ष्य है, अन्तिम सत्य का अनुभव।

* चिड़ियों की तरह हवा में उड़ना और मछलियों की तरह पानी में तैरना सीखने के बाद अब हमें इन्सानों की तरह ज़मीन पर चलना सीखना है।

* रोटी के ब्रह्म को पहचानने के बाद ज्ञान के ब्रह्म से साक्षात्कार अधिक सरल हो जाता है।

* मानव का दानव बन जाना उसकी पराजय है, मानव का महा-मानव होना उसका चमत्कार है और मानव का मानव होना उसकी विजय है।

रामचन्द्र टंडन

* स्मृति पीछे नज़र डालती है, आशा आगे।

रिच

* आनन्द बढ़ता है ज्ञान के साथ, सद्गुणों के साथ।

रिचर्ड

* अविवेक के मार्ग पर चलोगे तो तबाह हो जाओगे।

रूम (मौलाना)

* अपनी आंखों, होंठों और कानों, सबको बन्द कर लो, फिर अगर तुम्हें ख़ुदा का रहस्य दिखाई न दे तो हम पर हंसना।

* सारी आफ़त इच्छा और कामवासना में है, नहीं तो इस दुनिया में शरबत ही शरबत है।

* ग़ुस्सा (क्रोध) और शहवत (काम) आदमी को अन्धा कर देते हैं और उसे उसके सही मार्ग से भटका देते हैं।

* लफ़्ज़ों में मत फंस मानी की तरफ़ जा।

* जो अपने-आप को पहचान लेता है, वह अपने कामिल (सिद्ध या पूर्ण) बनने की ओर तेज़ी से दौड़ने लगता है।

रूसो

* संयम और परिश्रम मनुष्य के दो सर्वोत्तम चिकित्सक हैं।

* जीवन हमारे साथ किया गया एक मज़ाक़ है।

* दुर्बल शरीर मन को भी दुर्बल बना देता है।

* धैर्य कड़वा है लेकिन उसका फल मीठा है।

* असत्य के अनन्त रूप हैं, सत्य का केवल एक।

* ईमानदार आदमी का सोचना लगभग सदैव न्यायपूर्ण होता है।

* इन्सान आज़ाद पैदा हुआ है लेकिन हर जगह ज़ंजीरों में जकड़ा हुआ है।

रैवरेंड हेनरी मार्टेन

* संसार में सबसे निकृष्ट व्यक्ति कौन हैं? जो अपना कर्तव्य जानते हैं लेकिन पालन नहीं करते।

रोमां रोलां

* कूटनीति प्राकृतिक मानवीय नियमों के विरुद्ध एक ऐसा दुर्गुण है जिसने संसार के बड़े भाग को परतन्त्रता की ज़ंजीरों में जकड़ रखा है और जो मानवता के विकास में बड़ी बाधा है।

* वह दृढ़-प्रतिज्ञ आदमी जो प्राण देने के लिए तैयार है, ब्रह्मांड तक को हाथों पर उठा सकता है।

रोशे

* जबकि हमारे दोष हमें छोड़ते हैं तो हम यह मानकर अपनी चापलूसी करते हैं कि हम उन्हें छोड़ते हैं।

* जो छोटे-छोटे कामों के पीछे बुरी तरह पड़े रहते हैं, वे अक्सर बड़े कामों के लिए अयोग्य बन जाते हैं।

* जो यह कल्पना करता है कि वह दुनिया के बिना अपना काम चला लेगा, अपने को धोखा देता है; लेकिन जो यह समझता है कि दुनिया का काम उसके बिना नहीं चल सकता और भी बड़े धोखे में है।

* स्वार्थ में सद्गुण ऐसे खो जाते हैं जैसे समुद्र में नदियां।

* ज्ञानवान को सुखी करने के लिए किसी चीज़ की ज़रूरत नहीं होती, लेकिन मूर्ख को किसी चीज़ से भी सन्तोष नहीं मिलता; और यही कारण है कि मनुष्य जाति के इतने सारे लोग दुखी हैं।

* अपनी स्मरण-शक्ति की हर कोई शिकायत करता है, अपनी निर्णायक बुद्धि की कोई नहीं।

* यदि तुम्हें अपने में ही शान्ति नहीं मिलती तो बाहर उसकी तलाश व्यर्थ है।

* हम दूसरों के आर-पार देखना चाहते हैं, परन्तु स्वयं अपने आर-पार देखा जाना पसन्द नहीं करते।

रौचेस्टर

* मूर्ख के लिए रिवाज़ तर्क का काम देता है।

लॉवेल

* वे सत्य के सर्वोत्तम प्रेमी हैं जो अपने प्रति ईमानदार हैं, और जिसका वे स्वप्न देखते हैं, उसे कर दिखाने का साहस करते हैं।

* विचार चाहे पुराना हो और बहुत पेश किया जा चुका हो, लेकिन आख़िरकार वह उसका है जो उसे बेहतरीन तरीक़े से पेश करे।

* वे ग़ुलाम हैं जो पतित और दुर्बलों के लिए नहीं बोल सकते। वे ग़ुलाम हैं जो अति अल्पमत में होने के कारण सत्य का पक्ष नहीं ले सकते।

* संसार की समस्त सुन्दर भावनाएं एक सुन्दर कृति से हल्की हैं।

लुक़मान

* पशु न बोलने से कष्ट उठाता है और मनुष्य बोलने से।
* आशा जीवन का लंगर है, उसका सहारा छोड़ने से आदमी भव-सागर में बह जाता है; लेकिन बिना हाथ-पैर हिलाए केवल आशा करने से भी काम नहीं चल सकता।

* चार हज़ार वचनों में से मैंने चार गुर चुने हैं जिनमें से दो को हमेशा याद रखना चाहिए — यानी मालिक और मौत; और दो को भूल जाना चाहिए — यानी भलाई जो तू किसी के साथ करे और बुराई जो कोई तेरे साथ करे।

* संघर्ष न करना अधीनता का कारण बनता है।

* ईर्ष्या चारों ओर से दूसरों की कीर्ति के प्रकाशमंडल से घिरी रहती है, जिसके भीतर यह बिच्छू की तरह, जो ज्वाला से घिर गया हो, अपने को आप ही डंक मारती हुई मर मिटती है।

लूथर

* जैसा मेरा हृदय है, वैसा ही मेरा ईश्वर है!
* कुछ आदमी अति लम्बे उपदेश देकर लोगों की जान को आ जाते हैं। सुनने की शक्ति बड़ी नाज़ुक चीज़ है, वह शीघ्र ही थक जाती और छक जाती है।
* संगीत देवताओं की कला है; यही वह कला है जो आत्मा की अशान्तियों को शान्त करती है।

लेटन

* जो फूल सूरजमुख रहता है, वह बादल भरे दिनों में भी वैसा ही रहता।
* विपत्ति वह हीरक रज है जिससे ईश्वर अपने रत्नों की पालिश करता है।
* आनन्द और सद्गुणशीलता की एक-दूसरे पर प्रतिक्रिया होती है; न केवल सर्वोत्तम लोग सर्वाधिक सुखी हैं बल्कि सर्वाधिक सुखी लोग बहुधा सर्वोत्तम होते हैं।

लेकटेनियस

* ज्ञान का पहला काम असत्य को मालूम करना है, दूसरा सत्य को जानना।

लैमरटिन

* अपने विश्वास का शिकार बनकर मर जाना प्रशंसनीय है; अपनी महत्त्वाकांक्षा का धोखा खाकर मरना दुखद है।

लैसिंग

* कुछ लोगों को यश मिल जाता है, लेकिन उसके पात्र दूसरे होते हैं।

लौंग़फ़ैलो

* प्रकृति ईश्वर का प्रकट रूप है, कला मनुष्य का।
* उपयोगिता में ही सच्ची सुन्दरता है। यह ज्ञान तो तू शीघ्र प्राप्त कर ही ले।

* समस्त देशों के महान कवियों की सर्वोत्तम कृतियां वे नहीं हैं जो राष्ट्रीय हैं, बल्कि वे हैं जो सार्वभौम हैं।

* प्रकृति के नियम न्याय्य ही नहीं, भयंकर हैं। उनमें दुर्बल दया नहीं है।

* हालांकि ख़ुदा की चक्की बहुत धीरे-धीरे पीसती है लेकिन बहुत बारीक़ पीसती है।

* मैंने जो थोड़ी-बहुत दुनिया देखी है, उससे मैंने यही सीखा है कि दूसरों की ग़लतियों पर अफ़सोस करूं, न कि गुस्सा।

* दिवा-स्वप्न में बैठ और उन लहरों के बदलते हुए रंगों को देख जो मन के काहिल किनारे पर आ-आकर टकराती हैं।

* हमारे इर्द-गिर्द फैली हुई ईश्वर की दुनिया बिला शक़ शानदार है, मगर हमारे अन्दर रहनेवाली ईश्वर की दुनिया उससे भी ज़्यादा शानदार है।

* चरित्र में, इख्लाक में, शैली में, सब चीज़ों में बेहतरीन कमाल है — सादगी।

वड्सवर्थ

* हम प्रशंसा, आशा और प्रेम से जीते हैं।

* उड़ने के बजाय जब हम झुकते हैं तब बुद्धि के अधिक निकट होते हैं।

* इस विचार से मैं अत्यन्त दुखी हूं कि मनुष्य ने मनुष्य को क्या बना दिया है।

* दस हज़ार गुज़रे हुए कल एक आज की बराबरी नहीं कर सकते।
* देव लोग आत्मा की गहराई पसन्द करते हैं, न कि उसका कोलाहल।
* किसी नेक आदमी की ज़िन्दगी का सबसे अच्छा हिस्सा उसके प्रेम और दया के छोटे-छोटे, नामरहित भूले हुए काम हैं।

वाल्ट हिटमैन

* निजी सद्गुणों के सिवाय कुछ भी शाश्वत नहीं है।
* भलाई अमरता की ओर जाती है; बुराई विनाश की ओर।

वाल्टर रेले

* झूठे से देव और मनुष्य, दोनों घृणा करते हैं। झूठा अकसर बुज़दिल होता है, क्योंकि वह सच्चाई को स्वीकार करने की हिम्मत नहीं कर पाता।
* जो दूसरे आदमी के दुख में दया दिखाता है, वह स्वयं दुख से छूट जाएगा; और जो दूसरे के दुख की अवगणना करता है या उस पर हर्ष मनाता है, वह कभी-न-कभी उसमें स्वयं जा पड़ेगा।

वाल्टर स्काट

* आंसुओं से छलछलाता प्रेम अत्यन्त लुभावना होता है।
* सारी प्रकृति को प्रसन्न देखकर ग़मगीन-से-ग़मगीन हृदय भी प्रसन्न हो जाता है।
* प्रेम स्वर्ग है और स्वर्ग प्रेम।
* हर आदमी के शिक्षण का सर्वोत्तम भाग वह है जो वह स्वयं अपने लिए देता है।

वाल्टेयर

* यदि ईश्वर नहीं है तो उसका आविष्कार कर लेना ज़रूरी है।
* कहीं ऐसा न हो, जीवन की अच्छी चीज़ें जीवन की सबसे अच्छी चीज़ों को नष्ट कर दें।
* अपराधी के दंड में उपयोगिता होनी चाहिए। जब एक मनुष्य को फांसी दे दी गई तो इस दंड से कोई लाभ नहीं।
* प्रेम भगवान का सर्वश्रेष्ठ वरदान है।
* बुराई करने के अवसर तो दिन में सौ बार आते हैं, पर भलाई का अवसर वर्ष में एक बार आता है।
* वह नाम कितना भारस्वरूप होता है जो अति विख्यात हो जाता है।

* जितना ही अधिक हम अध्ययन करते हैं, उतना ही अधिक ज्ञान आता है। जितनी अधिक हम तपस्या करते हैं, हमें यह ज्ञात होता जाता है कि हम कितने आत्मज्ञानी हैं।
* अत्यन्त क्षुद्र व्यक्तियों का घमंड अत्यन्त महान होता है।
* आलसी के सिवा और सब लोग अच्छे हैं।
* इस विश्व को देखकर मैं हैरान हूं, मैं सोच ही नहीं सकता कि यह घड़ी तो है, मगर इसका कोई घड़ीसाज़ नहीं है।
* जब पैसे का सवाल आता है, तब सब एक मज़हब के हो जाते हैं।
* किसी को अपनी सराहना करने के लिए विवश कर देने का केवल एक ही उपाय है कि आप शुभ कर्म करें।
* प्रसन्न और मधुर व्यक्ति सदैव सफल होता है।
* समस्त सम्भव संसारों में यह संसार उच्चतम है और इसमें प्रत्येक वस्तु बेहतरी के लिए है।
* मुझे मेरे मित्रों से बचाओ, शत्रुओं से बचने का प्रबन्ध मैं स्वयं कर लूंगा।
* कविता आत्मा का संगीत है और सबसे अधिक महान और अनुभूतिशील आत्माओं का।
* छोटी-छोटी बातों का ख़याल महान चीज़ों का मदफ़न है।
* दर्शनशास्त्र के दो सबसे महत्त्वपूर्ण उद्देश्य हैं —सच्चाई की खोज और भलाई पर अमल।

वाल्मीकि

* जननी और जन्मभूमि स्वर्ग से भी बढ़कर हैं।
* प्रण को तोड़ने से पुण्य नष्ट हो जाते हैं।
* माया के दो भेद हैं —अविद्या और विद्या।
* दुखी लोग कौन-सा पाप नहीं करते।
* अभिमान मोह का मूल है—बड़ा शूलप्रद।
* मित्रता या शत्रुता बराबरवालों से करनी चाहिए।
* ऐसा विचार करके दुखी न हो कि विधाता का लिखा हुआ नहीं मिट सकता।
* यदि सेवक सुख चाहे, भिखारी मान चाहे, व्यसनी धन चाहे, व्यभिचारी शुभ गति चाहे, लोभी यश चाहे तो समझ लो कि ये लोग आकाश से दूध दुहना चाह रहे हैं।
* नीच की नम्रता अत्यन्त दुखदायी है। अंकुश, धनुष, सांप और बिल्ली झुककर ही मारते हैं।
* परवश को धिक्कार है।
* उत्साह से बढ़कर दूसरा कोई बल नहीं।
* पापी हो या पुण्यात्मा अथवा वध के योग्य अपराध करनेवाला ही क्यों न हो, उन सबके ऊपर श्रेष्ठ पुरुष को सदैव दया करनी चाहिए क्योंकि ऐसा कोई नहीं है जो सर्वथा अपराध न करता हो।

* सन्त दूसरों को दुख से बचाने के लिए कष्ट सहते हैं, दुष्ट लोग दूसरों को दुःख में डालने के लिए।

विक्टर ह्यूगो

* आपत्ति 'मनुष्य' बनाती है और सम्पत्ति 'राक्षस'।
* जीवन एक फल है और प्रेम उसका मधु।
* प्रसन्नता को हम जितना लुटाएंगे, उतनी ही अधिक वह हमारे पास आएगी।
* सावधानी बुद्धिमत्ता की सबसे बड़ी सन्तान है।
* समुन्दरों से बड़ी एक चीज़ है — आकाश से बड़ी एक चीज़ है — मनुष्य की आत्मा।
* सर्वोत्तम धर्म है — सहनशीलता।
* लोगों में बल की नहीं, संकल्प-शक्ति की कमी होती है।
* तीखे और कड़ुए शब्द कमज़ोर पक्ष की निशानी हैं।
* ख़ुशी को हम जितना लुटाएंगे उतनी ही हमारे पास अधिक होगी।
* बड़े दुखों में आत्मा को महान करने की बड़ी शक्ति है।

विद्यापति

* संसार में सबसे दयनीय कौन है? जो धनवान होकर भी कंजूर है।

विलियम जेम्स

* आत्म-प्रशंसा की भूख मनुष्य के स्वभाव की सबसे व्यापक प्रवृत्ति है।

विलियम पैन

* ईर्ष्यालु लोग औरों के लिए कष्टकर हैं, लेकिन स्वयं अपने लिए महान दुखदायक।

एच. जी. वेल्ज़

* मानव इतिहास प्रधान रूप से विचारों का इतिहास है।
* हमारी सच्ची राष्ट्रीयता मानवता है।

शरत्चन्द्र

* लालच छूत की बीमारी है।
* दौड़कर चलना ही प्रगति नहीं है।
* क्षमा मांगने से पूर्व ही किसी को क्षमा कर देने का अर्थ है मनुष्य का अपमान।
* कोई भी बात बहुत लोगों के बहुत ज़ोर देकर कहते रहने पर भी केवल कहने के ज़ोर से सत्य नहीं हो जाती।
* झूठ को इज़्ज़त देकर जितना ऊंचा उठाया जाता है, उतनी ही ग्लानि, उतना ही कीचड़, उतना ही अनाचार इकट्ठा होता रहता है।
* संसार में ऐसे अपराध कम ही हैं, जिन्हें हम चाहें और क्षमा न कर सकें।
* वेदना और बेइज़्ज़ती के मुकाबले में दुनिया में ऐसी कोई चीज़ नहीं है जो मनुष्य की सच्ची रूह को खींचकर बाहर ला सके।
* जो शिक्षा आदमी को संकीर्ण और स्वार्थी बना देती है, उसका मूल्य किसी ज़माने में चाहे जो रहा हो, अब नहीं है।
* मनुष्य झूठ के साथ समझौता करके जीवन की कितनी सम्पदा नष्ट कर देता है।
* मनुष्य का मरना मुझे उतनी चोट नहीं पहुंचाता जितनी कि मनुष्यत्व की मौत।
* अति संयम भी एक प्रकार का असंयम है।

* बड़ा प्रेम केवल पास नहीं खींचता, दूर भी ठेल देता है।

* एक आदमी दूसरे के मन की बात जान सकता है तो केवल सहानुभूति और प्यार से — उम्र और बुद्धि से नहीं।

* पुराने के मानी ही पवित्र नहीं हो जाता, आदमी सत्तर वर्ष का पुराना हो जाए तो वह दस साल के बच्चे की अपेक्षा पवित्र नहीं हो जाता।

* कठोर बात का यह स्वभाव ही है कि वह अपने ही भार से आप कठोरतर होती जाती है।

* इस जीवन में सुख-दुख कोई भी सत्य नहीं, सत्य हैं सिर्फ़ उनके चंचल क्षण, सत्य है सिर्फ़ उनके चले जाने का छन्द-मात्र।

* तमाम बड़ी चीज़ें आदमी के हाहाकार में से ही पैदा होती है।

* कोई भी धर्म हो, उसके कट्टरपन को लेकर गर्व करने के बराबर — मनुष्य के लिए ऐसी लज्जा की बात, इतनी बड़ी बर्बरता और दूसरी नहीं है।

* अपना कर्तव्य करने से पहले दूसरे के कर्तव्य की आलोचना करने से पाप होता है।

* संसार में जितने पाप हैं उन सबसे बढ़कर पाप है मनुष्य की दया के ऊपर अत्याचार करना।

* धोने से कोयले की कालिख नहीं छूटती, उसे तो आग में जलाना पड़ता है।

* जब आग सुलग जाती है तो यों ही नहीं बुझ जाती। ज़बरदस्ती बुझा न दी जाए तो आसपास की चीज़ों को भी तपा जाती है।

* जिसे पहचानते नहीं, उस पर अश्रद्धा करके अपने को छोटा मत बनाओ।

* जीवन की बहुत-सी बड़ी चीज़ों को हम तब पहचान लेते हैं, जब उन्हें खो देते हैं।

शिबली मौलाना

* हज़ार बरस जो बीत गए और हज़ार बरस जो आनेवाले हैं, इन सबसे बढ़कर वह समय है जो तुम्हारे हाथ में है।

शिलर

* मनुष्य स्वतन्त्र पैदा किया गया है, और चाहे ज़ंजीरों में पैदा हो, फिर भी स्वतन्त्र है।

* ईश्वर तभी सहायक होता है जब आदमी स्वयं सहायक होता है।

* हर कुकर्म अपने प्रतिशोधक देव को साथ लिए होता है।

* सत्य कार्य के लिए भी पशुबल का प्रयोग भयंकर है।

* प्रेम ही प्रेम का पुरस्कार है।

* केवल बहुमत से कोई चीज़ सत्य नहीं हो जाती।

* युद्ध, युद्ध को प्रश्रय देता है।

* वासना की दीवानगी थोड़ी देर रहती है, लेकिन उसका पछतावा बहुत देर तक।

* मनुष्य नक़ल करनेवाला जीव है और जो सबसे आगे होता है, वही नेतृत्व करता है।

* समय के साथ रहो, लेकिन उसके कीड़े न बनो; अपने समकालीनों के लिए वह दो जिसकी उन्हें ज़रूरत है, वह नहीं जिसकी वे प्रशंसा करें।

* स्वतन्त्रता शक्ति ही के साथ रहती है।

* जीवन में ऐसे प्रसंग और वस्तु-स्थितियां भी आती हैं जब बुद्धिमत्ता इसी में होती है कि अति बुद्धिमान न बना जाए।

* वोटों को तोलना चाहिए, गिनना नहीं।

शेन्स्टन

* दुनिया चार क़िस्म के लोगों में विभाजित की जा सकती है – पढ़नेवाले, लिखनेवाले, सोचनेवाले और लोमड़ियों के पीछे भागनेवाले।

शेक्सपियर

* अपराधी मन सन्देह का अड्डा है।

* अभिलाषा ही घोड़ा बन सकती तो प्रत्येक मनुष्य घुड़सवार हो जाता।
* आपत्तिकाल में हमारी विचित्र-विचित्र लोगों से जान-पहचान हो जाती है, जो अन्यथा सम्भव नहीं।
* न उधार दो, न लो; क्योंकि उधार देने से अकसर पैसा और मित्र, दोनों खो जाते हैं और उधार लेने से किफ़ायतशारी कुंठित हो जाती है।
* पागल, प्रेमी और कवि इनकी कल्पनाएं एक-सी होती हैं।
* कवि लिखने के लिए तब तक क़लम नहीं उठाता जब तक उसकी स्याही प्रेम की आहों से सराबोर नहीं हो जाती।
* मुझे निश्चय है कि चिन्ता जीवन की शत्रु है।
* जो मेरा धन चुराता है, वह मेरी सबसे तुच्छ वस्तु ले जाता है।
* सच्ची शराफ़त भयरहित होती है।
* हम सभी ईश्वर से दया की प्रार्थना करते हैं और वही प्रार्थना हमें दूसरों पर दया करना भी सिखाती है।
* नाम में क्या रखा है? जिसे हम गुलाब कहते हैं, वह किसी दूसरे नाम से भी वैसी ही सुगन्ध देगा।
* हर किसी की निन्दा सुन लो, लेकिन अपना फ़ैसला गुप्त रखो।
* अनुभव बताता है कि आवश्यकता-काल में दृढ़ निश्चय पूरी सहायता करता है।
* पछतावा हृदय की वेदना है और निर्मल जीवन का उदय।

* बुज़दिल अपनी मृत्यु से पूर्व ही अनेकों बार मृत्यु का अनुभव कर चुकते हैं किन्तु वीर कभी भी एक बार से अधिक नहीं मरते।
* संक्षेप ही प्रतिभा और बुद्धिमत्ता की आत्मा है।
* प्रसन्नचित्त व्यक्ति अधिक जीते हैं।
* प्रेम आंखों से नहीं, हृदय से देखता है। इसीलिए प्रेम के देवता को अन्धा बताया गया है।
* अपने शत्रु के लिए अपनी भट्ठी को इतना गर्म न कर कि वह तुझे ही भूनकर रख दे।
* तुम्हारी बुद्धि ही तुम्हारा गुरु है।
* जैसे एक छोटे दीपक की रोशनी बहुत दूर तक फैलती है, उसी प्रकार इस बुरे संसार में भलाई बहुत दूर तक चमकती है।
* भाग्य वेश्या ही तो है।
* कोई भी चीज़ स्वयं भली या बुरी नहीं होती, समझने से ही हो जाती है।
* मन को हर्ष और उल्लासमय बनाओ, वैसे ही अविवेकी मन में कामनाएं धंसती हैं।
* अपने विचारों को अपने जेलख़ाने न बनाओ।
* कुछ जन्म से ही महान होते हैं, कुछ महानता प्राप्त करते हैं और कुछ लोगों पर महानता लाद दी जाती है।
* लज्जा का आकर्षण सौन्दर्य से अधिक होता है।

* अपने विचारों को अपना बन्दीगृह न बनाओ।

* जो एक बार विश्वासघात कर चुका हो, उसका फिर विश्वास न करो।

* हमारी शंकाएं विश्वासघाती हैं और हमें उन अच्छाइयों से वंचित रखती हैं जिन्हें हम प्रयत्न करके प्राप्त कर लेते हैं।

* मैंने समय को बरबाद किया और अब समय मुझे बरबाद कर रहा है।

* जीवन प्रत्येक व्यक्ति को प्रिय है, किन्तु शूरवीर को अपना सम्मान जीवन से भी अधिक बहुमूल्य एवं प्रिय है।

* बुद्धिमान कभी अपनी हानि पर शोक नहीं करते, बल्कि प्रसन्नतापूर्वक अपनी क्षति को पूरा करने का उपाय करते हैं।

* ईश्वर ने तुम्हें केवल एक चेहरा दिया है और तुम स्वयं दूसरा बना लेते हो?

* जीवन एक गतिशील छाया-मात्र है।

* अपना उल्लू सीधा करने के लिए शैतान भी धर्मशास्त्र के हवाले दे सकता है।

* वे कितने निर्धन हैं जिनके पास धैर्य नहीं है। क्या आज तक कोई घाव बिना धैर्य के ठीक हुआ है?

* वे सबसे कम प्रेम करते हैं जो अपना प्रेम सबके सम्मुख विज्ञापित करते हैं।

* मूर्ख स्वयं को बुद्धिमान समझते हैं, किन्तु वास्तविक बुद्धिमान स्वयं को मुर्ख ही मानते हैं।

* जो मर गया, वह समस्त ऋणों से उऋण हो गया।

* कुमारियां पति के अतिरिक्त और कुछ नहीं चाहतीं। जब उन्हें पति प्राप्त हो जाते हैं तब वे सब-कुछ चाहने लगती हैं।

* मेरे शब्द ऊपर उड़ जाते हैं किन्तु मेरे विचार पृथ्वी पर ही रह जाते हैं। शब्द बिना विचारों के कभी स्वर्ग नहीं जा सकते।

* तुम्हें क्या चाहिए? जो कुछ भी चाहिए, उसे मुस्कुराहट के बल से प्राप्त करो, न कि तलवार से।

* जिस श्रम से हमें आनन्द प्राप्त होता है, वह हमारी व्याधियों के लिए अमृत-तुल्य है, हमारी वेदना की निवृत्ति है।

* सारी ज़िन्दगी आनन्द! कोई ज़िन्दा आदमी ऐसा नहीं है जो उसे सहन कर सके, वह तो भूतल पर नरक के समान है।

* किन्हीं का पाप से उत्थान होता है, किन्हीं का पुण्य से पतन।

* मधुर पुष्प धीरे-धीरे उगते हैं, घास जल्दी-जल्दी।

* एक मिनट देर के बजाय तीन घंटे पहले पहुंचना अच्छा।

* प्रेम सबसे करो, विश्वास थोड़ों का करो।

* आदमी उतने कपड़े नहीं फाड़ता जितने फ़ैशन फाड़ता है।

* जो हो चुका और जिसका कोई उपाय नहीं किया जा सकता, उसका रंज न करो।

* शान्ति विजय-स्वरूपा है, क्योंकि इसमें दोनों पक्ष भव्य रूप से परास्त हो जाते हैं और कोई पक्ष नुकसान में नहीं रहता।

* समय वह बूढ़ा न्यायाधीश है जो सब अपराधियों की परीक्षा करता है।

* आत्म-प्रेम इतना बुरा पाप नहीं है जितना आत्म-उपेक्षा।
* मनुष्य क्रोध में — समुद्र की तरह बहरा, आग की तरह उतावला।
* जब कहने से कुछ नहीं होता; तब पवित्र मासूमियत की ख़ामोशी अकसर कारगर होती है।
* बुद्धिमान कभी अपनी हानि पर रोते-धोते नहीं, बल्कि प्रसन्नतापूर्वक अपनी क्षति को पूर्ण करने का उपाय करते हैं।

शैले

* अधिकार विनाशकारी प्लेग के समान है; जिसे छूता है नष्ट कर देता है।
* कविता सुखी और उत्तम मनुष्यों के उत्तम और सुखमय क्षणों का उद्गार है।
* जिस प्रकार एक निराश चोर चोरों को पकड़नेवाला बन जाता है, उसी प्रकार निराश होकर लेखक आलोचक बन जाते हैं।
* आत्मा का आनन्द कर्मशीलता में है।
* कवि दुखों से सीखते हैं और गीतों से सिखाते हैं।

शोपेन हावर

* यदि आपको कोई काम न हो तो चुप रहना बड़ा कठिन होता है।

* भद्रता समझदारी है; इसलिए अभद्रता मूर्खता है।

* विश्वास और प्रेम में एक बात समान है; दोनों में से कोई भी ज़बर-दस्ती पैदा नहीं किया जा सकता।

* बहुत कुछ अकेले रहना ही महान आत्माओं का भाग्य है।

* उपयोगी कलाओं की जननी है आवश्यकता, ललित कलाओं की है विलासिता। पहली पैदा हुई बुद्धि से और दूसरी प्रतिभा से।

* सबसे बड़ी मूर्खता स्वास्थ्य को किसी अनिश्चित लाभ के पीछे बरबाद कर देना है।

* अपने जीवन को सीमित कर लेना हमेशा सुखद होता है।

* कोई भी अपने सिवाय किसी के साथ पूर्ण सामंजस्य स्थापित नहीं कर सकता।

* हमारा दूसरे लोगों के साथ जो सम्बन्ध होता है, प्रायः उसी से हमारे सभी शोक और दुखों का जन्म होता है।

* छोटी-छोटी बातें अनजाने रूप से हमें शुरू से ही किसी के अनुकूल या प्रतिकूल बना देती हैं।

समरसेट माम

* मैंने अपने जीवन में यह बहुत देर में जाना कि "मैं नहीं जानता" कहना कितना अच्छा है।

स्टील

* जिसे समझ है वह जानता है कि विद्वत्ता नहीं; बल्कि उसे उपयोग में लाने की कला का नाम ज्ञान है।

स्टीवेन्सन

* जीवन का एकमात्र उद्देश्य यह है कि हम जैसे हैं वैसे दिखें और जैसे बन सकते हैं वैसे बनें।

स्पेन्सर

* सर्वोत्तम मनुष्य वह है जिसे सर्वोत्तम सन्तोष हो।
* जिन भारों को मनुष्य सहन कर सकता है, उनमें मूर्ख की बात को सुनना और सहना सबसे कठिन है।

स्वाट्ज़

* भूतल पर शान्त आनन्द मिलता है परिश्रम से।

स्वैन्डेनबर्ग

* ईश्वर का सार है ज्ञान और प्रेम।
* पवित्र उदारता प्रत्युपकार की भावना रखे बिना परोपकार करती है।

सादी

* अज्ञानी के लिए ख़ामोशी से बढ़कर कोई चीज़ नहीं और यदि उसमें यह समझने की बुद्धि हो तो वह अज्ञानी नहीं रहेगा।
* अत्याचारी से बढ़कर अभागा व्यक्ति दूसरा नहीं, क्योंकि विपत्ति के समय उसका कोई मित्र नहीं होता।
* जिसे होश है वह कभी घमंड नहीं करता।
* मैं ईश्वर से डरता हूं, ईश्वर के बाद मुख्यतः उससे डरता हूं जो ईश्वर से नहीं डरता।
* यदि किसी फ़कीर के पास एक रोटी होती है तो वह आधी रोटी ख़ुद खाता है, आधी किसी ग़रीब को दे देता है। लेकिन अगर किसी

बादशाह के पास एक मुल्क होता है तो वह एक और मुल्क चाहता है।

* जो नसीहत नहीं सुनता, उसे लानत-मलामत सुनने का शौक़ है।

* यदि चिड़ियां एका कर लें तो शेर की खाल खींच सकती हैं।

* सद्गुणशील, मुंसिफ मिज़ाज और अक्लमन्द आदमी तब तक नहीं बोलता जब तक ख़ामोशी नहीं हो जाती।

* चतुराई दरबारियों के लिए गुण है, साधुओं के लिए दोष।

* अगर इन्सान सुख-दुख की चिन्ता से ऊपर उठ जाए तो आसमान की ऊंचाई भी उसके पैरों तले आ जाए।

* सेवा से सौभाग्य प्राप्त होता है।

* जो भाग्यवान है वह दानशीलता अपनाता है और दानशीलता से ही आदमी भाग्यवान होता है।

* जो अधिक धनवान है, वही अधिक मोहताज है।

* जो तेरे सामने औरों की निन्दा करता है, वह औरों के सामने तेरी निन्दा करेगा।

* जितने दिन ज़िन्दा हो, उसे ग़नीमत समझो और इससे पहले कि लोग तुम्हें मुर्दा कहें, नेकी कर जाओ।

* ऐ नीच पेट! एक ही रोटी से इत्मीनान कर ले ताकि तुझे गुलामी में पीठ को न झुकाना पड़े।

* यदि मनुष्य परोपकारी नहीं है तो उसमें और दीवार पर खिंचे चित्र में क्या फ़र्क़ है।

* बुद्धि आत्मा के इस प्रकार अधीन है जिस प्रकार कोई भोला पुरुष चालाक स्त्री के वश में हो।

* वह मनुष्य सचमुच बुद्धिमान है जो क्रोध की हालत में भी बुरी बात मुंह से नहीं निकालता।

* जब पेट ख़ाली होता है तो जिस्म रूह बन जाता है और जब वह भरा होता है तो रूह जिस्म बन जाती है।

* या तो हाथीवाले से मित्रता न करो या फिर ऐसा मकान बनवाओ जहां उसका हाथी आकर खड़ा हो सके।

* जिस व्यक्ति पर धन का लोभ छा गया, उसने अपने जीवन के खलियान को हवा में उड़ा दिया।

* दूसरे का स्वभाव चाहे तुम्हें पसन्द न हो लेकिन तुम्हें अपना नेक स्वभाव नहीं छोड़ना चाहिए।

* मूर्खों से न मिलो। क्योंकि अगर तुम समझदार हो तो गधे दिखोगे और अगर मूर्ख हो तो और भी ज़्यादा मूर्ख दिखोगे।

* ख़ुदा एक दरवाज़ा बन्द करने से पहले दूसरा खोल देता है।

* जो भाग्यशाली है वह उदार होता है, और उदारता से ही आदमी भाग्यशाली बनता है।

* जो किसी स्वच्छन्द और बदमिज़ाज आदमी को नसीहत करता है, उसे ख़ुद नसीहत की ज़रूरत है।

* कंजूस आदमी अगर ख़ूब धनवान भी हो जाए तब भी अपनी ज़िल्लत से वह निर्धन की तरह मार खाएगा।

* विद्या धर्म रक्षा के लिए है, न कि धन जमा करने के लिए।
* दुनियावी आदमी की आंखें या तो सन्तोष से भर सकती है या क़ब्र की मिट्टी से।
* जो निर्बलों पर दया नहीं करता, उसे बलवानों के अत्याचार सहने पड़ेंगे।
* यदि तू शत्रु से सुलह करना चाहता है तो जब-जब वह तेरी बुराई करे, तू उसकी भलाई कर।
* दोस्त वे हैं जो क़ैदख़ाने में काम आएं। दस्तरख़्वान पर तो दुश्मन भी दोस्त दिखाई देता है।
* ऐ सन्तोष! मुझे धनी बना दे, क्योंकि तेरे बिना कोई धनी नहीं है।
* सबसे बड़ा अमीर वह है जो ग़रीबों का दुख दूर करता है और सबसे बड़ा फ़क़ीर वह है जो अपने गुज़ारे के लिए अमीरों का मुंह नहीं देखता।
* सब्र करना पैगम्बरों का काम है।
* नम्रता स्वर्ग के दरवाज़े की कुंजी है।
* किसी के छिपे अवगुण प्रकट न करो क्योंकि उसकी बदनामी करने से तुम्हारी भी बेएतिबारी हो जाएगी।
* पाप में लिप्त होने की बनिस्बत मुसीबत में गिरफ़्तार रहना अच्छा है।
* उस तुच्छ व्यक्ति का चित्त कभी प्रसन्न नहीं हो सकता जिसने पैसे की ख़ातिर अपना ईमान बेच दिया।
* बदला लेने की सीमा का उल्लंघन न कर जाओ अन्यथा स्वयं पाप

के भागी हो जाओगे।

* बुरे आदमी के साथ भी भलाई ही करनी चाहिए; एक टुकड़ा रोटी डालकर कुत्ते का मुंह बन्द कर देना ही अच्छा है।

* अक्लमन्द आदमी तेरी जान का दुश्मन भी हो तो अच्छा है; बजाय इसके कि कोई जाहिल तेरा दोस्त हो।

* अगर तुम झगड़े का सामान देखो तो ख़ामोश हो जाओ; इसलिए कि ख़ामोश-मिज़ाज झगड़े का फाटक बन्द कर देता है।

* मैंने सच्चाई के रास्ते पर चलनेवालों को कभी भटकते नहीं देखा।

* बुलबुल! तू वसन्त की बात कह, बुरी ख़बर उल्लू के लिए छोड़ दे।

* किसी की सिफ़ारिश से स्वर्ग जाना, नरक जाने के बराबर है।

* हज़ार इबादत करें, हज़ार दान करें, हज़ार जागरण करें, हज़ार भजन करें, हज़ार रोज़े रखें, हज़ार नमाज़ पढ़ें — कुछ क़बूल न होगा अगर किसी का दिल आपने दुखा दिया।

* प्रत्येक व्यक्ति अपने मत को सच्चा और अपने बच्चों को अच्छा समझता है लेकिन इसलिए दूसरे के मत या बच्चे को बुरा कहना उचित नहीं है।

* जो विवेक के नियम तो सीख लेता है लेकिन जीवन में उन्हें नहीं उतारता; वह ऐसे व्यक्ति की तरह है जिसने अपने खेतों में मेहनत तो की लेकिन बीज नहीं डाला।

* यदि धनवानों में न्याय होता और निर्धनों में सन्तोष, तो संसार से भीख मांगने की प्रथा उठ गई होती।

* मन की शान्ति के लिए बंधी हुई रोज़ी ज़रूरी है।
* उपहार लेना स्वतन्त्रता को खोना है।
* उस मकान पर सुख के दरवाज़े बन्द कर दो, जिसमें से औरत की आवाज़ बुलन्द स्वर में निकलती हो।
* भारी तलवार कोमल रेशम को नहीं काट सकती।
* दान से धन घटता नहीं, बढ़ता है। अंगूर की शाखें काटने से और ज़्यादा अंगूर लगते हैं।

स्विफ़्ट

* जब कोई प्रतिभाशाली व्यक्ति इस संसार में आता है तो तुम उसको इस लक्षण से पहचान सकते हो कि मन्दबुद्धि के समस्त व्यक्ति एक दल बनाकर उसका विरोध करने लगते हैं।
* तर्क बड़ा हलका सवार है, कषायों के घोड़े उसे आसानी से पटक देते हैं।
* मनुष्य को बदमाशियां करते देखकर मुझे कभी आश्चर्य नहीं होता, लेकिन उसे लज्जित न होते देखकर मुझे अकसर आश्चर्य होता है।

सिसरो

* बुद्धिमान विवेक से, साधारण मनुष्य अनुभव से, अज्ञानी आवश्य-कता से और पशु स्वभाव से सीखते हैं।

* भूख को बुद्धि का आदेश मानना चाहिए।

* संसार में केवल मित्रता ही एक ऐसी चीज़ है जिसकी उपयोगिता के सम्बन्ध में दो मत नहीं हैं।

* रंज में अपने बाल उखाड़ना मूर्खतापूर्ण है क्योंकि गंजेपन से रंज कम नहीं हो जाता।

* प्रकृति की अपेक्षा अध्ययन के द्वारा अधिक व्यक्ति महान बने हैं।

* बिना अमरत्व की भावना से प्रेरित हुए आज तक किसी ने अपने देश के लिए अपने प्राणों का उत्सर्ग नहीं किया।

* जो कुछ मैं नहीं जानता, उसके विषय में अपनी अज्ञानता स्वीकार करने में मुझे तनिक भी लज्जा नहीं आती।

* जब तुम सर्वोच्च शिखर पर पहुंचने की आकांक्षा रखते हो, उस समय दूसरे या तीसरे स्थान तक पहुंच जाना भी पर्याप्त श्रेयस्कर है।

* इच्छा पर विचार का शासन रहे।

* कोई क्षण ऐसा नहीं जो कर्तव्य से ख़ाली हो।

* काहिल आदमी सांस तो लेता है लेकिन जीता नहीं है।

* स्वतन्त्र जनों के लिए धमकियां नाकारा हैं।

* लम्बी ज़िन्दगी चाहनेवालों को धीरे-धीरे जीने की ज़रूरत है।

* भला आदमी किसी से बुराई की आशंका नहीं रखता; बुरा आदमी किसी से भलाई की आशंका नहीं रखता।

* मकान बनानेवालों के लिए मेरा यह सूत्र है कि मालिक से मकान की शोभा हो, मकान से मालिक की नहीं।

सुकरात

* सन्तोष प्राकृतिक दौलत है, ऐश्वर्य कृत्रिम ग़रीबी।

* ऐ ख़ुदा! मेरी दुआ है कि मैं अन्दर से ख़ूबसूरत बनूं।

* जो मनुष्य अपने क्रोध को अपने ही ऊपर झेल लेता है, वही दूसरों के क्रोध से बच सकता है।

* बुरे आदमी खाने-पीने के लिए जीते हैं। भले आदमी इसलिए खा-ते-पीते हैं कि वे जी सकें।

* विवाह अवश्य करना। अच्छी पत्नी मिलेगी तो सुखी होवोगे, और बुरी मिली तो तत्त्वज्ञानी। यह भी क्या बुरा है।

* मृत्यु से डरना बुज़दिलों का काम है क्योंकि वास्तविक जीवन तो मृत्यु ही है।

* यदि सारे दुर्भाग्य एक स्थान पर एक ढेर में रख दिए जाएं और सबको उनमें से समान भाग लेना पड़े तो उनमें से अधिकांश अपना ही भाग्य ले सन्तुष्ट होकर विदा हो जाएंगे।

* आनन्द वह प्रसन्नता है, जिसके भोगने पर पछताना नहीं पड़ता।
* मूर्ति के समान मनुष्य का जीवन सभी ओर से सुन्दर होना चाहिए।
* उन्हें वफ़ादार न मान जो तेरी हर कहनी और करनी की प्रशंसा करें, बल्कि उन्हें मान जो तेरे दोषों की मृदुल आलोचना करें।
* जो कुछ मुझे ज्ञात है, वह यही है कि मुझे रंच-मात्र भी ज्ञान नहीं है।
* अच्छी बात किसी ने भी कही हो, वह अच्छी है। उसे ध्यान से सुनो। गोताखोर की हीनता से मोती के मूल्य में कोई कमी नहीं आ सकती।
* अगर तुझे निरर्थक तर्क-वितर्क में मज़ा आता है तो हो सकता है कि तू मिथ्यावादियों से भिड़ने लायक हो, लेकिन इसका तुझे एहसास भी न हो कि मनुष्यों से प्रेम किस तरह किया जाता है।
* हमारा आख़िरी कल्याण ज्ञान से है।
* अपना नाम सदा कायम रखने के लिए मनुष्य बड़े से बड़ा जोखिम उठाने, धन ख़र्च करने, हर तरह के कष्ट सहने, यहां तक कि मरने के लिए भी तैयार हो जाता है।
* मनुष्य ठीक उसी मात्रा में महान बनता है जिस मात्रा में वह मानव-मात्र के कल्याण के लिए श्रम करता है।
* संसार में आदरपूर्वक जीने का सबसे सरल और शर्तिया उपाय यह है कि हम जो कुछ बाहर से दिखना चाहते हैं, वैसे अन्दर से भी हों।
* दैवी सौन्दर्य के लिए आदमी की भूख को प्रेम कहते हैं।
* भले बनकर तुम दूसरों की भलाई का भी कारण बन जाते हो।

* नेक आदमी का बुरा नहीं हो सकता, न तो इस जीवन में न मरने के बाद।

* जो मूर्ख है, पर जानता है कि वह मूर्ख है, वह दुनिया का सबसे अक्लमन्द आदमी है, लेकिन जो मूर्ख है, मगर नहीं जानता है कि वह मूर्ख है, वह दुनिया का सबसे बड़ा मूर्ख है।

* जीवन और मृत्यु में से कौन बेहतर है, इसका ज्ञान परमात्मा को और केवल परमात्मा को ही है।

* वही सबसे धनवान है जो सबसे कम पर सन्तोष कर सकता है, क्योंकि सन्तोष ही सच्चा धन है।

* सुन्दरता दो दिन का सुख है।

* घोड़ा अपने साज़ से नहीं, गुणों से जाना जाता है; उसी तरह आदमी की क़द्र दौलत से नहीं, सद्गुणशीलता से होती है।

सुदर्शन

* नारी सब-कुछ कर सकती है लेकिन अपनी इच्छा के विरुद्ध प्रेम नहीं कर सकती।

* मनुष्य बूढ़ा हो जाता है परन्तु लोभी कभी बूढ़ा नहीं होता।

* वासना खोटे सोने के समान चमकती तो बहुत है परन्तु परीक्षा की अग्नि में पड़कर चमक स्थिर नहीं रहती।

* जिसके पास अपनी शक्ति नहीं, उसे भगवान भी शक्ति नहीं देता। शक्ति आत्मा के अन्दर से आती है, बाहर से नहीं।

सेनेका

* दूसरे 'तुम्हारे विषय में क्या सोचते हैं' इसकी अपेक्षा 'अपने बारे में तुम्हारा ख़याल' बहुत ज़्यादा महत्त्व की चीज़ है।
* वैद्य सन्निपात-ज्वर के रोगी की बकवास का बुरा नहीं मानता। ज्ञानी मूर्ख के उन्मत्त प्रलाप को शान्ति से सहकर उसके कर्म रोग की चिकित्सा करता है।
* अपनी वर्तमान ख़ुशियों को इस तरह भोगो कि भावी ख़ुशियों को क्षति न पहुंचे।
* कोई कृतघ्न हो तो यह उसका कसूर है, लेकिन अगर मैं न दूं तो यह मेरा कसूर है।
* कहानी की तरह, ज़िन्दगी में यह देखा जाए कि वह कितनी अच्छी है, न कि वह कितनी लम्बी है।
* जीवन काफ़ी लम्बा है, अगर वह भरा हुआ है।
* जाग्रत आदमी ही अपना स्वप्न कह सकता है।
* बड़ी दौलत बड़ी ग़ुलामी है।
* बदला एक अमानुषी शब्द है।

* देकर भूल जाए, लेकर कभी न भूले।

* दुर्भाग्य की आशंका करने से अधिक मनहूस और मूर्खतापूर्ण वस्तु कोई नहीं। आने से पहले ही अमंगल की आस लगाना कैसा दीवानापन है।

* दुर्भावना अपने विष का आधा भाग स्वयं पीती है।

* हम सब गुनहगार है; हममें से कोई जिस बात के लिए दूसरे को दोषी ठहराता है, उसे वह अपने ही मन में पाएगा।

* जैसे परिश्रम से शरीर बलवान होता है वैसे ही कठिनाइयों से मन।

* यदि तू अपना मूल्य आंकना चाहता है तो अपना धन, ज़मीन, पदवियों को अलग रखकर अपने अन्तरंग की जांच कर।

सैम्युएल जोनसन

* जो एकदम बहुत कुछ कर डालने की प्रतीक्षा में है, वह कभी कुछ नहीं कर पाएगा।

सैसिल

* कितना अधिक करना है, कितना कम किया है

सोलन

* किसी भी मनुष्य के विषय में उसकी मृत्यु के पूर्व कोई राय निश्चित मत करो।

* कोई बेवक़ूफ़ ऐसा नहीं हुआ जो अपनी ज़बान बन्द रख सका हो।

सोफ़ोक्लिस

* संसार आश्चर्यजनक वस्तुओं से भरा हुआ है लेकिन मनुष्य से बड़ा कोई आश्चर्य नहीं है।

* मौनता ही स्त्री का सच्चा ज़ेवर है।

हक्सले

* परिस्थितियों को यों ही छोड़ दिया जाए तो वे ठीक नहीं हो जातीं।

* समय, सत्य के सिवाय, हर चीज़ को कुतर खाता है।

ह्यूम

* कार्य सदा कारणों के अनुरूप होंगे।

* आशा और आनन्द का रुझान सच्ची दौलत है, भय और रंज का, सच्ची ग़रीबी।

* वह सुखी है जिसकी परिस्थितियां उसके स्वभाव के अनुकूल हैं, लेकिन वह और भी सुखी है जो अपने स्वभाव को परिस्थिति के अनुकूल बना लेता है।

हरबर्ट

* तर्क करते समय शान्त रहिए, क्योंकि भयानकता ग़लती को अपराध बना देती है और सत्य को बदतहज़ीबी।

* मैंने दिल के दरवाज़े पर लिखा 'अन्दर आना माना है' — हंसता हुआ प्रेम आया और बोला, 'मैं हर जगह घुसता हूं'।

* सबसे संक्षिप्त उत्तर है करके दिखाना।

हाइटिंग

* मरने के बाद स्वर्ग में रहने के लिए हमें मरने से पहले स्वर्ग में रहना होगा।

हाफ़िज

* अगर तू तरक्की करके बड़ा आदमी हो जाए तो भी अपने रास्ते से न डिग। तू कमान से छोड़े हुए तीर की तरह है जो थोड़ी देर हवा में उड़कर ज़मीन पर गिर जाता है।

* किसी भी हालत में अपनी ताक़त पर घमंड न करो। यह बहुरुपिया आसमान हर घड़ी हज़ारों रंग बदलता है।

* सुबह-दम बुलबुल ने नये खिले हुए फूल से कहा, "नाज़ कम कर, इस बाग़ में तुझ जैसे बहुत खिल चुके हैं।" फूल हंसकर बोला, "मैं सच्ची बात पर रंज नहीं करता मगर बात यह है कि कोई आशिक़ अपने माशूक़ से सख़्त बात नहीं कहा करता।"

* रहस्य के प्रकट हो जाने पर दुखी मत होओ, बल्कि फूल की तरह सदा खिले रहो। इस बहुरूपी संसार में पद और प्रतिष्ठा, मान और मर्यादा सभी कुछ नष्ट होनेवाले हैं।

* इस संसार के अहंकारियों से कह दो कि अपनी पूंजी को कम कर दें। हानि और लाभ यहां समान हैं।

हॉल डाक्टर

* 'मैं भूल गया' – यह कभी मान्य बहाना नहीं है।

हूकर

* कोई सत्य दूसरे सत्य का विरोधी नहीं हो सकता।

हेनरी ड्रमन्ड

* आधी दुनिया आनन्द-प्राप्ति के लिए ग़लत रास्ते पर दौड़ी जा रही है। लोग समझते हैं कि वह संग्रह करने और सेव्य बनने में है, लेकिन है वह त्याग करने और सेवक बनने में।

हेमिल्टन

* अपने सद्गुणों की याद से बढ़कर कोई पिता और वसीयत नहीं छोड़ सकता।

हैज़लिट

* जो शत्रु बनाने से डरता है, उसे कभी सच्चे मित्र नहीं मिलेंगे।
* गम्भीर विचार का सहज परिणाम है चरित्र की सरलता।

* महान विचार जब क्रिया के सांचे में ढल जाते हैं तो महान रचनाओं की पदवी प्राप्त कर लेते हैं।

* प्रसिद्धि की अमर सूची में ऐसे नाम भी शामिल हैं जिनके कारण प्रसिद्धि लज्जित है।

* काहिली एक मज़ेदार किन्तु कष्टप्रद स्थिति है। आनन्दित होने के लिए हमें कुछ-न-कुछ करते रहना चाहिए।

* ख़ुश करने की कला ख़ुश होने में है।

* यदि हमारी भावना सही नहीं है तो हमारे निर्णय अवश्य ग़लत होंगे।

* सम्पत्ति महान शिक्षिका है; विपत्ति उससे भी बड़ी। प्राप्ति मन को मृदुल थपकियां देती है; अप्राप्ति उसे तालीम देती है और मज़बूत बनाती है।

होम्ज़

* पाप के बहुत-से हथकंडे हैं लेकिन झूठ वह हैंडिल है जो उन सबमें फिट हो जाता है।

* संसार के महान व्यक्ति अक्सर बड़े विद्वान नहीं रहते, और न बड़े विद्वान महान व्यक्ति हुए हैं।

* यशस्वी होने का सबसे छोटा रास्ता अन्तरात्मा के अनुसार चलना है।

होमर

* सच्ची मित्रता का नियम यह है, जानेवाले मेहमान को जल्दी विदा करो और आनेवाले का स्वागत करो।

* मुस्कान प्रेम की भाषा है।

* ज्ञानी वह है जो वर्तमान को ठीक प्रकार समझ सके और परिस्थिति के अनुसार आचरण करे।

* यह सच है; यह निश्चित है, मनुष्य मरकर भी अंशतः जीवित रहता है। अमर मन बाक़ी रहता है।

* उस आदमी से मुझे ऐसी घृणा है जैसे नरक-द्वार से, जिसके बाहरी शब्द उसके भीतरी विचारों को छिपाते हैं।

* सपने भगवान द्वारा भेजे जाते हैं।

* मनुष्य के आधे गुण तो उसी समय विदा हो जाते हैं, जब वह दूसरे की दासता स्वीकार करता है।

* दुष्ट आदमी हरगिज़-हरगिज़ विवेकी नहीं है।

हौरेस मैन

* दुखी पर दया दर्शाना मानवोचित है, उसके दुख का निवारण करना देवोचित।

***